本书受到海南师范大学中国语言文学省级 A 类重点学科、中国语言文学一级学科博士点资助

《韩诗外传》研究

陈婉莹　著

中国出版集团　东方出版中心

图书在版编目（CIP）数据

《韩诗外传》研究 / 陈婉莹著. 一上海: 东方出
版中心, 2023.1
ISBN 978 - 7 - 5473 - 2137 - 9

Ⅰ.①韩… Ⅱ.①陈… Ⅲ.①《韩诗外传》－研究
Ⅳ.①I207.22

中国版本图书馆 CIP 数据核字（2022）第 252164 号

《韩诗外传》研究

著　　者　陈婉莹
责任编辑　潘灵剑
封面设计　钟　颖

出版发行　东方出版中心有限公司
地　　址　上海市仙霞路 345 号
邮政编码　200336
电　　话　021 - 62417400
印 刷 者　上海万卷印刷股份有限公司

开　　本　890mm × 1240mm　1/32
印　　张　5.5
字　　数　131 千字
版　　次　2023 年 1 月第 1 版
印　　次　2023 年 1 月第 1 次印刷
定　　价　48.00 元

目　　录

第一章 绪 论

　　韩婴,燕人,汉文帝时为博士官,专治《诗经》。汉景帝时,出任常山王太傅。韩婴是韩诗学派的代表性人物,《汉书·艺文志》中著录韩诗学派的著作有《韩故》三十六卷、《韩内传》四卷、《韩外传》六卷、《韩说》四十一卷。今可完整得见者,唯《韩诗外传》十卷。

　　汉儒本"奉《诗》为经""以《诗》为史""以'性情'说《诗》",《汉志》便认为《韩诗外传》"或取《春秋》,采杂说,咸非其本义",在记载中也将《史记》的"推《诗》之意"替换为"推诗人之意"。韩婴推诗人之意,而作内外传数万言,其意独树一帜,语颇与齐、鲁诗相异。《韩诗外传》与其说是一部编作,还不如说是一部属于韩婴的创作。譬如"阿谷处女"一则即被批评"孔子见处女而教子贡以微词三挑之,以是说《诗》,可乎?其谬戾甚矣,他亦无足言"。陈乔枞也指出:"《外传》之文,记夫子绪论与春秋杂说,或引诗认证事,或引事以明《诗》,使为法者章显,为戒者著明,虽非专于解经之作,要其触类引申,断章取义,皆有合于圣门商赐言诗之意。"从体例和内容上看,《韩诗外传》不是逐字逐句对《诗经》的训诂解释,而是富有个人特色地阐发《诗》中义理,注重引譬连类、贯通经史诸子。而作为今文经的韩诗,也同样拥有注重通经致用、阐释微言大义、力图积极发挥政治作用的特色。

　　春秋战国百家争鸣时代早已远去,汉初黄老道家思想盛行,儒学发展举步维艰。韩婴作为最早的专经博士官之一,不仅要面对着在朝廷中求存的难题,更要承担着维持儒学生命力的重任。

韩婴是汉文帝时的经学博士官,也是汉景帝时期的常山王太傅。汉初重视经学的社会作用,从"春秋决狱"可见一斑。王太傅更是地方最高长官之一,中央王朝派遣的王太傅更兼具辅佐地方封王、拱卫中央皇权和平衡中央与地方、皇权与诸侯的重任。因此,他的学术自然不是空中楼阁的理论建设,而是具有观照现实政治的能力,因此其儒术才能在汉初的艰苦条件中谋得一线生机。

韩婴居燕,燕国地处北境,远离中原学术争端,是一个更容易保持传统的国度。同时,此地毗邻荀子所处的赵地,地理位置有益于接受荀子及其后学发展出的丰富的学术思想。韩婴的学术兼顾传统与儒法变通的意味,也就令人不足为奇了。而韩婴作为文帝时期的博士官,与中央皇权联系紧密,无论是为了维持个人地位,还是为了让儒学立足于中央,抑或是继承和发扬儒家为帝王师谋的传统,韩婴都必须维系与中央皇权的亲密度。故而,韩婴所关注的学术问题与时事问题,出发点自然立足中央皇权,与皇权的迫切需求充满互动性。

汉初边患未平,内政不宁。但帝王的心腹之患,必定是皇权所面临之根本威胁。地方上强大的诸侯王,外朝中功绩煊赫的数朝老臣根深蒂固的势力,对中央皇权咄咄逼人,不得不令汉皇如鲠在喉。韩婴为中央皇权服务,自然必须将解决这一矛盾,作为首要议题。这种企图心,也明确反映在其学说之中。

同时,就汉初学术环境而言,汉初无疑是黄老道家和阴阳家思想的沃土。儒学置身其中,试图开花结果,却挫折频仍。然而韩诗学派自韩婴为博士官后,不仅在汉初站稳了脚跟,终其两汉也保持着稳定的传承;在今文经三家诗的激烈竞争中,并不落下风,且韩婴在世时,齐诗甚至难撄其锋。这一切,与韩婴之说以其适用性与可行性在文景之时打下的坚实基础不无关联。

总而言之,《韩诗外传》中的韩婴思想与早期儒学传统、汉初黄老道家等各家学术思想有着千丝万缕的关联,其中包含着韩婴自身思想体系以及针对汉初政治环境和儒学式微的学术环境作出的改变与努力。从这两方面思考,将《韩诗外传》中的思想学术与汉初历史有机联系起来,对韩婴与《韩诗外传》进行立体的还原分析,当可一窥韩婴思想内涵的复杂性与独特性,从而不再孤立地分析韩婴与《韩诗外传》的文字义理或诗学解释,才能全面地体会韩婴稳中求变的智慧,看待《韩诗外传》的历史价值。

韩婴是如何妥善对待道法家学术,如何巧妙应对汉初政治局面,又是如何在学术竞争与政治竞争中生存,如何将儒学从经典注疏导向经世致用,不仅仅是韩婴独树一帜的个人行为,而且是两汉今文经学的共同话题。而《韩诗外传》作为现存最完整的早期今文经学文本,在汉初经学史与政治史上占据了重要地位,无疑是回顾汉初今文经学经世致用之特征的最佳标本。

《韩诗外传》不仅是一个历史文本,也是儒学变迁过程中的一个片段,反映着秦汉时代的思想潮流。而韩婴据《诗经》为本,穷变学术与政治相结合的实践,在后世董仲舒以《春秋》为基改造儒家思想以供汉武帝强化中央皇权的行为中被再一次放大,并辐射了两汉的今文经学风范。今文经学通经致用、微言大义,其创造性与适应性由此渗入儒生们的学术理念,成为儒生群体不断活跃在政治舞台上的源动力。

一、研究综述

(一)版本与著录情况

1. 著录

西汉立今文经齐鲁韩三家诗为博士,但齐鲁二家相关文献已逐渐散佚,唯有韩诗学派有文献传世,其至今唯一留存的完整诗文本,以《韩诗外传》为题,韩婴所作,现存通行本为十卷本,与初始著录形态已有一定区别。现简要列举历代主要著录情况如下：

（1）《汉书·艺文志》：《韩内传》四卷，《韩外传》六卷。①

（2）《隋书·经籍志》：《韩诗外传》十卷，梁有《韩诗谱》二卷，《诗神泉》一卷，汉有道征士赵晔撰，亡。②

（3）《旧唐书·经籍志》：《韩诗外传》十卷，韩婴撰，《韩诗》二十卷，卜商序，韩婴撰。《韩诗翼要》十卷，卜商撰。③

（4）《新唐书·艺文志》：《韩诗》，卜商序，韩婴注，二十二卷。又《外传》十卷，卜商《集序》二卷，又《翼要》十卷。④

（5）《通志》：韩婴《传》二十二卷（薛氏章句），《韩诗内传》四卷，《韩诗外传》十卷。⑤

（6）《郡斋读书志》：《韩诗外传》十卷，右汉韩婴撰。婴，燕人。其书《汉志》本十篇：《内传》四，《外传》六。隋止存《外传》，析十篇，其及经盖寡，而遗说往往见于他书，如"逶迤""郁夷"之类，其义与《毛诗》不同。此书称《外传》，虽非其解经之深旨，然文辞清婉，有先秦风。⑥

（7）《直斋书录解题》：《韩诗外传》十卷，汉常山太傅燕韩婴撰。案《艺文志》有《韩故》三十六卷，《内传》四卷，《外传》六卷，《韩说》四十一卷，今皆亡。所存唯《外传》，而卷多于旧，盖多记杂说，不专解《诗》。果当时本书否也？⑦

（8）《文献通考》：韩婴《诗外传》共十卷，本传：婴，孝文时为博士，景帝时至常山太傅。推诗人之意而作《内外传》数万言，其语颇与齐鲁间殊，然归一也。晁氏曰："《汉志》十篇，《内传》四，《外

① 班固：《汉书》卷三十，北京：中华书局，1962年，第1708页。
② 魏徵、令狐德棻：《隋书》卷三二，北京：中华书局，1982年，第916页。
③ 刘昫：《后唐书》卷四十六，北京：中华书局，1975年，第1970页。
④ 欧阳修、宋祁：《新唐书》卷五十七，北京：中华书局，1975年，第1429页。
⑤ 宋樵著，王树民点校：《通志》，北京：中华书局，1995年，第1462页。
⑥ 晁公武撰，孙猛校证：《郡斋读书志校证》卷二，上海：上海古籍出版社，1990年，第64页。
⑦ 陈振孙：《直斋书录解题》，上海：上海古籍出版社，1987年，第35页。

传》六。隋止存《外传》，析十篇，其及经盖寡，而遗说往往见于他书，如'逶迤''郁夷'之类，其义与《毛诗》不同。此书称《外传》，虽非其解经之深者，然文辞清婉，有先秦风。"容斋洪氏《随笔》曰："《艺文志》有《韩家诗经》《韩故》《内传》《外传》《韩说》五书，今唯存《外传》十卷。庆历中，将作监主簿李用章序之，命工刊刻于杭。"期末又题云："蒙文相公改章三千余字。余家有其书。百卷第二章载子南游适楚，见处子佩璂而浣，乃令子贡以微词三挑之，以是说《诗·汉广》游女之章。其谬戾甚矣，他亦无足言。陈氏曰：今所存唯《外传》，而卷多于旧。旧六卷，今十卷。盖多杂说，不专解《诗》，不知道果当时本书否也？"①

（9）《四库全书总目》：《韩诗外传》十卷，汉韩婴撰。婴，燕人。文帝时为博士，武帝时至常山太傅。《汉书·艺文志》有《韩故》三十六卷、《韩内传》四卷、《韩外传》六卷、《韩说》四十一卷。岁久散佚。唯《韩故》二十二卷，《新唐书》尚著录，故刘安世称尝读《韩诗·雨无正篇》。然欧阳修已称今但存其《外传》，则北宋之时，士大夫已有见有不见。范处义作《诗补传》在绍兴中，已不信刘安世得见《韩诗》，则亡在南、北宋间矣。唯此《外传》，至今尚存。然自《隋志》以后，即较《汉志》多四卷，盖后人所分也。其书杂引古事古语，证以《诗》词，与《经》义不相比附，故曰《外传》。所采多与周秦诸子相出入。班固论三家之《诗》，称其"或取《春秋》、采杂说，咸非其本义"，殆即指此类欤？……是书之例，每条必引《诗》词，而未引《诗》者二十八条；又"吾与汝"一条，起无所因：均疑有阙文。李善注《文选》，引其孔子升泰山观异姓而王者七十余家事及汉皋二女事，今本皆无之，疑并有脱简。至《艺文类聚》引雪花六出之类，多涉训诂，则疑为《内传》之文，传写偶误。董斯张尽以为《外传》所佚，又似不然矣。按：《汉志》以《韩诗外传》入诗类，盖与《内传》连

---

① 马端临著，上海师范大学古籍研究所、华东师范大学古籍研究所点校：《文献通考》卷一百七十九，北京：中华书局，2011年，第5315页。

类及之。王世贞称"《外传》引《诗》以证事,非引事以明《诗》",其说至确。今《内传》解《诗》之说已亡,则《外传》已无关于《诗》义,徒以时代在毛苌以前,遂列为古来说《诗》之冠,使读《诗》者开卷之初,即不见本旨,于理殊为未协。以其舍诗类以外无可附丽,今从《易纬》《尚书大传》之例,亦别缀于末简。①

2. 主要版本

自《韩诗外传》行印以来,刊刻本数量不多,《中国古籍善本书目》著录了现存清以前的《韩诗外传》版本三十一种,其中元刊本二种,明铜活字本一种,明节抄本一种,明刻本十九种,清刻本六种,清稿本二种。② 其中,清周廷寀校注、陈士珂疏证本有注疏文字,其余为白文本。这些版本大多已经散佚,其间差别也多在于个别文字差异,现择其要列出。

(1)宋庆历本

这是文献记载中最早刊刻的版本。洪迈在《容斋续笔》说:"今惟存《外传》十卷。庆历中,将作监主簿李用章序之,命工刊刻于杭,其末又题云:蒙文相公改正三千余字。"③今已亡佚。

(2)元至正十五年嘉兴路儒学刻明修本

这是现存最早的版本,为手抄本。钱惟善《韩诗外传序》说:"海岱刘侯贞来守嘉禾,听政之暇,因其先君子节斋先生手抄所藏诸书,悉刊置郡庠,期与四方之士共之……今侯父子以《韩诗》相传,概慕薛氏之风而兴起千载下者……"④《北京图书馆善本书目》也著录有:"《诗外传》十卷。元至正十五年嘉兴路儒学刻明修本,黄丕烈校并跋,顾广圻、瞿中溶、傅增湘跋,四册。"⑤但据屈守元考

---

① 永瑢等:《四库全书总目》卷十六,北京:中华书局,2003年,第136页。
② 中国古籍善本书目编辑委员会:《中国古籍善本书目》,上海:上海古籍出版社,1989年。
③ 洪迈:《容斋续笔》卷八,《韩婴诗》,上海:上海古籍出版社,1978年,第307页。
④ 屈守元:《韩诗外传笺疏》,《旧本序跋辑录》,成都:巴蜀书社,1996年,第1024页。
⑤ 北京图书馆编:《北京图书馆善本书目》卷一,北京:书目文献出版社,1987年。

证,此本应为元刻明修(印)本。

(3)袁廷梼旧藏、黄丕烈校补元至正十五年①嘉兴路儒学刻明修本

屈守元在《参校诸本题记》中指出,此本分订四册,行款格式全与"元甲本"同,应该为同一版本。"元乙本"比之"元甲本",脱字、缺页较多。但作为元版,仍不失为善本。② 民国年间,秦更年重刻此本,不仅变更行款,而且削去原版版心数字和刻工姓名,更率意刊改,校雠不精。秦氏翻刻版本也是许维遹《韩诗外传集释》所用的底本"元本"。

(4)明嘉靖中苏献可"通津草堂本"

该本简称"苏本"。据屈守元《参校诸本题记》,此本卷首有《韩诗外传序》,末署"至正十五年龙集乙未,秋八月,曲江钱惟善序。次列《韩婴小传》,版心下署'通津草堂'四字"。但据屈氏考证,此本刊刻应在嘉靖乙未以后。③

(5)明嘉靖中沈氏"野竹斋本"

简称"沈本"。杨守敬《日本访书志》中描述此版本:"每卷题'诗外传',无'韩'字,唯卷首钱惟善序题有'韩'字。序后有吴都沈辨之野竹斋校雕篆书木记,首行题'《诗外传》卷第一',次行题'韩婴'二字。……余以此本校之毛氏津逮本,小有异同,而此为优。盖毛氏亦源此本而又有谬误者也。程荣《汉魏丛书》所据原本,脱首卷第二叶,竟以'抽觡'接'游女不可求思'刊之,其他谬误亦多。何允中虽补此一叶,而谬误者亦未能校正。余尝作札记,视赵怀玉、周廷寀校本,似为详密云。按沈辨之,明嘉靖间人,与文寿承、文休承兄弟往来。《孙祠书目》因其木记接钱序后,遂以沈为元人,非也。余谓此刻款式虽古,而字体实是明嘉靖间之格,《访古志》称

---

① 杨守敬:《日本访书志》卷一,《诗外传》,沈阳:辽宁教育出版社,2003年。
② 屈守元:《韩诗外传笺疏》,《参校诸本题记》,第942页。
③ 同上书,第951页。

即以元本重雕者,亦非也。"屈守元《参校诸本题记》说:"此本行款
及卷首序传,皆与苏氏通津草堂同。唯版心无'通津草堂'字样,而
钱序后有亚形刻书印记,小篆书'吴郡沈辨之野竹斋校雕'字而
已。"此本与毛本应属于同一版本系统,被认为是《韩诗外传》中较
为完善的版本。叶德辉《郋园读书志·经部》中便说:"《韩诗外传》
十卷,明沈与文野竹斋刻本。宋本外,此文第一善本。"①

(6) 明芙蓉泉书屋刻本

济南薛氏父子校刻。简称"薛本"。屈守元《参校诸本题记》
曰:"全书十卷,分订四册。前《韩婴小传》,每半页七行,行十七字。
版心有小传二字。前只有杨祐序。末有陈明及薛来二跋。白口。
版心下隶'芙蓉泉书屋'五字……"②该版本有诸字与他本不同,屈
氏《笺疏》中有所考辩。

(7) 明万历年间钟惺刻本

屈守元《笺疏》中称其未见,但许维通《韩诗外传集释》中多用
此本校勘。

(8)《汉魏丛书》本

《汉魏丛书》本《韩诗外传》有三:一是明万历二十年程荣刻
本,即屈守元所本。二是明崇祯年间何允中刻本,有陈明序及目
录。三为清乾隆五十六年王谟刻本。其中程本被认为质量最高。
屈守元《题记》中称:"其书全依薛本,无钱序。首载陈明、杨祐二
序……程本无特长,翻薛本而已。"③赖炎元也指出:"《汉魏丛书》
编自明嘉靖括苍何镗,万历新安程荣始刊行之,未竟,而版旋毁,至
崇祯间武林何允中又刊之,清王谟又刊之,中以程本为最善。"

(9) 胡文焕《格致丛书》本

简称"胡本"。此本收入胡文焕《格致丛书》,前有茅坤的序言,

---

① 屈守元:《韩诗外传笺疏》,《参校诸本题记》,第952页。
② 同上书,第955页。
③ 同上书,第956页。

但其本与程本相同,脱薛本原页。

(10) 明天启年间唐琳快阁藏书本

简称"唐本"。此本亦无钱惟善序,但有唐琳另作一序。其版式与薛本同,而脱页则与程本同。正文署有"明新都唐琳点校",并有句读圈点。

(11)《津逮秘书》本

明崇祯年间,毛晋刊刻,简称"毛本",该本被清人认为与元本应属同一系统备受重视,但赖炎元称"毛本所引诗,多依毛诗而改,而失其本来面目"。

(12)《丛书集成》本

清乾隆五十五年,赵怀玉刊刻《校刻韩诗外传》,其书保留有元代钱惟善和明代陈明、卢文弨序,并有自序,同时将其辑录的《补逸》与《序说》各一卷附于其后。此本先有益有生斋刻本,之后又收入《龙溪精舍丛书》。此后,又有清乾隆五十六年周氏营道堂刻本,周廷宷《韩诗外传校注》十卷及周宗所撰《拾遗》一卷,皆收入《安徽丛书》。这两个版本于光绪元年被吴氏望三益斋本合刻。光绪年间,定州王氏谦德堂将该合刻本收入《畿辅丛书》。后被收入商务印书馆《丛书集成初编》。此本是比较通行的一种版本。

(13)《学津讨原》本

清嘉庆十年,张海鹏刊刻,简称"张本",许维遹《韩诗外传集释》用此本为参校本。屈守元认为此本是张海鹏取毛晋刻本而收入《学津讨原》丛书,但两种版本之间仍有一定差异。

(二) 卷帙篇目变化

最早的韩诗学派,不仅有现存的《韩诗外传》这一种说诗的文本,并且其为《诗经》作传时分内传、外传两个部分。只是后来在流传与演变中,逐渐形成了现今所见的十卷本。形成这种流变的原因与过程方式,学界目前仍旧众说纷纭,莫衷一是。但这一问题与

《韩诗外传》的编排体例和韩诗本身的说诗风格息息相关,是全面探索韩家诗性质以及传习方式的一把钥匙。

最早著录《韩诗外传》的《汉书·艺文志》载《内传》四卷、《外传》六卷,到《隋书·经籍志》只有《外传》十卷,《内传》四卷不见著录,《外传》卷数增加了,由六卷变为十卷。《隋志》之后,新旧《唐书》、《崇文总目》著录皆为十卷。其间,唯有郑樵《通志略·艺文略》并载"《韩诗内传》四卷,《韩诗外传》十卷"。古籍卷数改变的情况,在著录中较为常见。《汉志》采择刘向《七略》而成,刘向编修《列女传》与《韩诗外传》也有一定关系,而《列女传》《汉志》著录八篇,《隋志》则增为十五篇,也与《韩诗》境况类似。这一相近现象是否其中还存在刘向的个人因素,尚有待考证,但也不失为一种可能性。

目前学界对《韩诗外传》卷帙变化原因的判断,主要集中在两种看法:其一是后人增补编修,依《外传》体例,整理相关材料编入原书;其二是内容改编,并未增添内容,而是重新分卷,将内外传文合并,由六卷增为十卷。

《郡斋读书志》所说的"析十篇"率先提出了《韩诗外传》十卷,是内外传合并而来。沈家本赞成这种看法,他认为内外传的体例相同,因此后人编纂著录之时,便自然而然将二者合并。他解释了宋代本书亡佚的原因,解释了《宋史·艺文志》和《崇文总目》皆不著录的现象。①

杨树达在《汉书窥管》中认可这种观点,认为故《内传》已然在今《外传》之中,四六相合为十。今本《外传》第五卷首章"子夏问曰

---

① 沈家本《世说注所引书目》经部条:"《韩诗外传十卷》……《新(唐)志》与《隋志》同,皆不称内传……内、外传则皆依经推演之词,虽分内外,体例则同。疑隋、唐《志》之韩诗者,《韩故》也。内传则与外传并为一编,故其卷适与《汉志》同,非无内传也。……《韩诗》虽存,无传之者。是其学虽无人能传之,其书则未缺佚也。宋时其书已亡,故《宋志》及《崇文总目》皆不著录……"见屈守元:《韩诗外传笺疏》,成都:巴蜀书社,1996年,第1021页。

《关雎》何以为国风始"便是内外传分野。① 张舜徽也曾为这一观点提出了有力佐证,他认为雕版印刷通行之前手抄流传,合并汇编常见常有。抄写合并之后,因《外传》内容多于《内传》二卷,而题名全书为《韩诗外传》。张舜徽也是认为内外传的分野自第五卷始,乃因前四卷文辞简短而后六卷篇幅较长之故。②

持"析出合并"观点者今日较为流行。主要论点如徐复观在《两汉思想史》中专门部分讨论这一问题时所说,徐复观对此说曾表示赞同,在行文中也曾将《韩诗外传》称为"《韩诗传》",可见他是坚定该书并未部分亡佚而是保留了全貌的。③ 金德建也是这一观点的支持者。④ 王培友则进一步论证了"仿补"说是不能成立的,并指出在没有切实证据之前,还是以"唐代之前析分或者重编"的可能性最大。⑤

同样也有很多学者坚持第二种增补说,王先谦即在《汉书补

① "王氏谓内、外传皆韩氏依经推演之词,是也。至谓《韩诗》独存《外传》,则非。愚谓《内传》四卷,实在今本《外传》之中。《汉志》内传四卷,外传六卷,其和数恰今本《外传》十卷相合。今本《外传》第五卷首章为'子夏问曰《关雎》何以为国风始'云云,此实为原本《外传》首卷之首章。盖内、外传同是依经推演之词,故后人为之合并,而犹留此痕迹耳。《隋志》有《外传》十卷而无《内传》,知其合并在隋以前矣。近儒辑《韩诗》者,皆以训诂之文为《内传》,意谓内、外传当有别,不知彼乃《韩故》之文,非《内传》文也。若如其说,同名为传者,且当有别,而《内传》与《故》可无分乎?《后汉书·郎顗传》引《易内传》曰:'人君奢侈,多饰宫室,其时旱,其灾火。'此是杂说体裁,并非训诂,然则汉之《内传》非训诂体明矣。"杨树达:《汉书窥管·艺文志》,北京:科学出版社,1955 年,第 160 页。并参见杨树达:《〈韩诗内传〉未亡说》,《学艺》,1921 年第二卷。
② "杨说是也。古之书籍,在未有雕版印刷以前,皆由手写。抄书者每喜取一人之书,合抄并存,汇为一编,此乃常有之事。抄《韩诗》内、外传者,并成一籍,不足怪也。合抄既成,以外传多二卷,取其多者为大名,故总题《韩诗外传》耳。内、外传既合而为一,顾犹可考见其异。内传四卷在前,每章文辞简短;外传六卷在后,则长篇为多,斯亦不同之明征也。大抵其书每章皆叙故事或发议论于前,然后引诗句以证于末,论者多病其断章取义,然不失为汉人说《诗》之一体,要不可废。"张舜徽:《张舜徽集·汉书艺文志通释》,武汉:华中师范大学出版社,2004 年,第 201—202 页。
③ 徐复观:《两汉思想史》,上海:华东师范大学出版社,2001 年。
④ 金德建:《〈韩诗内外传〉的流传及其渊源》,《司马迁所见书考》,上海:上海人民出版社,1963 年,第 50—56 页。
⑤ 王培友:《〈韩诗外传〉的文本特征及其认识价值》,《孔子研究》,2008 年第 4 期。

注》中指出,《内传》已亡而外传独存。① 屈守元在校订《韩诗外传》时也批驳了沈家本的观点,屈守元通过举证历史文献中早期引用《韩诗》的文本,基本不用今本《韩诗外传》中的方式,反驳沈家本的观点不可信。② 因此今本《韩诗外传》存在后人仿补可能。

日本学者也有认同此观点者,西村富美子《〈韩诗外传〉的一个考察——以说话为主体的诗传具有的意义》一文,就持《韩诗外传》卷七至卷十这四卷是后人以"拾遗"的形式补编入《韩诗外传》中去的论点。③

汪祚民在此基础上提出了进一步的观点,他认为"在大多数卷次内,章次的编排按所引《诗》句在《诗经》完整篇章中出现的先后顺序进行"就是《韩诗外传》的原始编纂体例,合乎体例的部分是原来的六卷《外传》存于今本的痕迹,而不符合这一体例的四卷则可能是后人"仿补"。④

综合来看,《韩诗外传》十卷的来源并没有确切的定论,笔者倾向于今本《韩诗外传》是经过后人重新编订的版本,但这应该是唐宋之际对与韩诗相关材料的一次重新整理,是建立在原有文本基础上的。因此,可以认为现有的通行本《韩诗外传》基本保留了韩婴学术的主要内容,能够大体反映韩婴代表的韩诗学派的整体状态。但唐宋类书中的佚文同样不可忽视,它们不仅可以从另一侧

---

① "《儒林传》:婴推诗人之意,而作内、外传数万言,其语颇与齐鲁间殊,然归一也。则内、外传皆韩氏依经推演之词。至南宋后,韩诗亦亡,独存《外传》。"见王先谦:《汉书补注·艺文志》,上海师范大学古籍整理研究所整理,上海:上海古籍出版社,2008年,第2915页。

② 守元案:"沈氏此文,创为《韩诗内传》未亡,即在今本《外传》之中一说,实不能成立,前人引《内传》,早者如《白虎通》,其文皆不在今本《外传》之中。唐人《群书治要》所引《外传》,无一条为《内传》之文混入者,是隋唐时代,《内传》《外传》固各自为书也。沈氏之说显然不能成立……"见屈守元:《韩诗外传笺疏》,成都:巴蜀书社,1996年,第1021—1022页。

③ [日]西村富美子:《〈韩诗外传〉的一个考察——以说话为主体的诗传具有的意义》,《中国文学报》,第19册,1963年。

④ 汪祚民:《〈韩诗外传〉编排体例考》,《陕西师范大学学报》(哲学社会科学版),2003年第3期。

面完善韩婴的个人学术,也可以从增删中窥见唐宋学人对韩诗学派的理解和判断。

(三) 校证与《韩诗外传》佚文

在诸多《韩诗外传》的主要版本中,宋明以前主要以刊刻为主,至清代开始出现相应的校注、考证以及辑录《韩诗外传》佚文的现象。现列举仍可见的前代重要疏证本如下。

1. 陈乔枞《韩诗遗说考》

又名《左海续集》,《清经解续编》收录,虽以考录韩诗遗说为题,但实则据《韩诗外传》。陈氏依己说,加以校勘,勾赜遗说,考订精审,注重分析误字异字,未辑录唐残本《玉篇》及唐代僧人慧琳撰《一切经音义》等书中所引之韩,但仍旧具有一定的对证价值。

2. 陈士珂《韩诗外传疏证》

嘉庆二十三年陈士珂自刻本,所据版本不详,后收入《文渊楼丛书》。该书最大价值在于,其本《韩诗外传》将"互见"文献依次录于各章之下,涉及文献三十一种,共三百六十余条。对照《韩诗外传》与经典文献的同文,有纲目之要。

3. 许瀚《韩诗外传校议》

该本共一卷,收入许瀚《攀古小庐杂著》,光绪二十三年朱氏含香堂刻,又有《敬跻堂丛书》本。该书考辨针对《四库总目》指摘《韩诗外传》之瑕疵,共三十六条,有不少独到见解。

4. 俞樾《读韩诗外传》

一卷,在赵怀玉、周廷案校注的基础上校正、补充并考辨文本,共二十七条。此本被屈守元认为颇有驳正之处。

5. 孙诒让《札迻》

光绪二十年刻本,该书卷二校《韩诗外传》共十一条,要言不烦,是清儒治《韩诗外传》的集大成之作。

赵善诒在《韩诗外传佚文考》中提到:"辑《韩诗外传》佚文者,

有明董氏斯张,清陈氏士珂《韩诗外传疏证》、赵氏怀玉《补逸》、周氏宗杬《校注拾遗跋》、陈氏乔枞《内外传补逸》、王氏谟《韩诗拾遗》十六卷。六家所辑,除王氏《拾遗》未见外,赵氏为最详,然考订疏略,间有谬误。"如今赵善诒提及的各家,如明代董斯张本等大多数本版本已经散佚,如今可见的只有清代赵怀玉《韩诗外传校注》之《补逸》,陈士珂《韩诗外传疏证》以及赵善诒自作《韩诗外传补正》。《补正》善引前人校勘,并加以考评,是对前人研究成果的一次有益整理。

1963 年台湾出版了赖炎元《韩诗外传考征》,该书整理校勘,详细考证了《韩诗外传》的版本、校勘,异文以及韩诗的流传情况之余,详尽搜罗了所能见的《韩诗外传》佚文。其疏证的部分,逐章列举《韩诗外传》的互见材料,并加按语,以论述其分歧考证成果。[①]

后有许维通《韩诗外传集释》[②],以校为主,校精于释,多采周廷寀、赵怀玉校勘,并加以按断。所举异字甚多,对于不同版本间文字对照大有裨益。

此外,还有晨风、刘永平《韩诗外传选译》[③],魏达纯《韩诗外传译注》[④],曹大中《白话韩诗外传》[⑤]等一系列译文,这些译文大多直译为白话,不以注释考证见长。

校注笺证问题上,集大成之作是屈守元《韩诗外传笺疏》。《笺疏》不仅旁征博引,在每条之下详细列明了笺注与文字差异,还在全书末尾附有《韩诗外传佚文》《参校诸本题记》《引据书序录并引书目》《历代著录及前人评述资料纂要》《旧本序跋辑录》,全面收录了《韩诗外传》流传过程中的版本著录情况、相应评述、序跋等以及迄今可见的所有佚文,并详加介绍与考证,当为《韩诗外传》研究的

①　赖炎元:《韩诗外传考征》,台北:台湾师范大学出版社,1963 年。
②　许维通:《韩诗外传集释》,北京:中华书局,2009 年。
③　晨风、刘永平:《韩诗外传选译》,北京:书目文献出版社,1986 年。
④　魏达纯:《韩诗外传译注》,长春:东北师范大学出版社,1993 年。
⑤　曹大中:《白话韩诗外传》,长沙:岳麓书社,1994 年。

重大成果。

此外,还有香港《汉达文库》中的《唐宋类书征引〈韩诗外传〉资料汇编》,该书收集了唐宋时期各种类书中征引的《韩诗外传》文字,是一窥《韩诗外传》文本唐宋面貌之究竟的重要文献。① 铃木隆一所著的《本邦残存典籍による辑佚资料集成》则将存在于日本文献中的《韩诗》佚文进行统一整理与辑录。② 王晓平、张永平也对日本的《诗经》传播与研究作了整理分析,其中部分涉及了韩诗学派在日本的流传,它们均对还原《韩诗》及韩诗学的早期面目,有所贡献。③

又有《先秦两汉古籍逐字索引丛刊》之《韩诗外传逐字索引》,为《韩诗外传》的文字对证提供了一种检索途径。④

在《韩诗外传》的文本流传中,除不同版本间的差异外,佚文现象一直存在,并在清代之后逐渐被学者重视,从简单的列举,到最后出现了详尽的考证之作。这种文本对比有助于完善《韩诗外传》的全貌,梳理《韩诗外传》中的思想脉络,是进一步开展《韩诗外传》研究的基础。

随着考古学的发展,出土文献也推动了《韩诗外传》研究。目前主要可与《韩诗外传》对读的出土文献为《孔子诗论》和阜阳汉简《诗经》。

阜阳汉简六十五首诗,全部见于今本《诗经》,分属今本《桧风》外的十四国风及《小雅·鹿鸣之什》,其中《召南》《邶风》最多,各十篇,《豳风》最少,仅一篇。阜阳汉简《诗经》的编排次序与今本有别。简文中《日月》《燕燕》与今本《诗经》编排不同,《静女》下印痕

① 何志华:《唐宋类书征引〈韩诗外传〉资料汇编》,香港:香港中文大学出版社,2009 年。
② [日]新美宽编,铃木隆一补:《本邦残存典籍による辑佚资料集成》,京都:京都大学人文科学研究所,1968 年。
③ 王晓平:《日本诗经学史》,北京:学苑出版社,2009 年。张永平:《日本诗经传播史》,北京:清华大学出版社,2018 年。
④ 刘殿爵、陈方正主编:《韩诗外传逐字索引》,香港:商务印书馆,1992 年。

为《载驱》，与今本《诗经》差距最大；同时，简文与今本《诗经》相较，有大量的异文存在，与今文三家《诗》也多有不同。

类似的情况同样适用于"上博简"《孔子诗论》。《孔子诗论》同样在编排顺序、佚诗、异字方面和《韩诗外传》所引征明显有差别，《孔子诗论》以礼论诗及以诗论诗的特征比较明显。通过比较二者文本，能够说明早期儒家在对诗经的认识上的差别，探究《韩诗外传》在诗学整体思想体系中的发展变化。

（四）《韩诗外传》在经学研究中解经地位的争议

1. 两汉的韩诗

《艺文志》记载的《韩诗》学著述成果共有五种，分别是二十八卷的《韩诗》、三十六卷的《韩故》、四卷的《韩内传》、六卷的《韩外传》以及四十一卷的《韩说》。①其中，《韩诗》《韩内传》《韩外传》作者为韩婴无甚异议，《韩故》和《韩说》的作者，尚有分歧。如王先谦认为前者为"韩婴自为"，后者为其"徒众所传"；徐复观认为二著"殆皆其孙韩商为博士时所辑录"，沈家本认为《韩故》盖为"韩氏自为本经训故之体"，故而"疑隋、唐《志》之《韩诗》者，《韩故》也"；杨树达推断《汉书·王吉传》记载的王吉上疏昌邑王所引"说曰"殆即《韩说》之"遗文之仅存者矣"。

《汉书·艺文志》列举的名为《韩外传》的书六卷，名为《韩内传》的书四卷。据《隋书·经籍志》不录《韩内传》的著述情况来看，至少在《隋书·经籍志》成书的唐代《韩内传》已经不存，目前可见的，仅存唐代注家引用的属于《韩诗内传》的几条语录。上文已经列出《韩外传》在《隋书·经籍志》《旧唐书·经籍志》《新唐书·艺文志》《宋史·艺文志》《玉海》《郡斋读书志》《直斋书录解题》《四库全书总目》等书中都列为十卷。现行的版本亦本此十卷。

---

① 班固：《汉书》卷三十，北京：中华书局，1962 年，第 1708 页。

习《韩诗》者,《史记》载有"淮南贲生受之。自是之后,而燕赵间言《诗》者由韩生。韩生孙商为今上博士"。《汉书》在《史记》所载"淮南贲生"和"韩商"外补充了"涿郡韩生"、赵子、蔡谊等数人。

在韩诗文献完整,学术流传清晰的两汉,韩诗的主要传习如下。其一,贲生和韩商。其二,赵子,见《汉书·儒林传》,他在河内传《韩诗》,主要增强了《韩诗》在燕赵之地的影响力。其后的《韩诗》传人大多是其一脉。其三,"涿郡韩生",见《汉书·儒林传》。其四,蔡谊,也作蔡义,见《汉书·儒林传》,应当是属于第三代,甚至曾为汉昭帝帝师。其五,第四代食子公、王吉,第五代栗丰、长孙顺,第六代张就、发福,均见《汉书·儒林传》。食子公、王吉均为博士,分别开创了《韩诗》食氏学以及王氏学。而长孙顺是齐地人,在两韩齐鲁衰弱之际,他以传学方式,将《韩诗》带到齐鲁之地去,扩大了韩诗的影响力。其六,薛汉父子及其再传弟子,杜抚、澹台敬伯、韩伯高、尹勤、赵晔、冯良,见《汉书·儒林传》。万斯同《儒林宗派》将其列入韩诗传承体系。[1]　其七,郅恽,见《后汉书》其本传。[2]　其八,召驯、杨仁,见《后汉书·儒林传》。[3]　其九,唐檀、公沙穆,见《后汉书·方术传》。[4]　其十,李恂,见《后汉书》其本传。[5]　其十一,廖扶,见《后汉书·方术传》。[6]　其十二,张恭祖、郑玄,见郑玄其本传[7]。其十三,杜乔,见《后汉书》其本传[8]。其十四,侯包,《隋书·经籍志》载其传《韩诗翼要》十卷。[9]　其十五,陈

---

①　以上均参见班固:《汉书》卷八十八,北京:中华书局,1962 年。
②　范晔:《后汉书》卷二十九,北京:中华书局,1973 年,第 1031 页。
③　范晔:《后汉书》卷六十九下,第 2573—2574 页。
④　范晔:《后汉书》卷八十二下,第 2729—2730 页。
⑤　范晔:《后汉书》卷五十一,第 1683 页。
⑥　范晔:《后汉书》卷八十二上,第 2719 页。
⑦　范晔:《后汉书》卷三十五,第 1207 页。
⑧　范晔:《后汉书》卷六十三,第 2091 页。
⑨　魏徵、令狐德棻:《隋书》卷三二,北京:中华书局,1982 年,第 916 页。

嚣,见《东观汉记》。①

　　将视野扩展到两汉以外时段,韩诗学派也并不壮大,唐晏《两汉三国学案》中列举了《韩诗》学派学者五十四人②,范文澜《群经概论》中列《韩诗》的学者九人③,王治心《中国学术体系》列十人④。刘汝霖《汉晋学术编年》列十一人⑤。郑杰文《中国学术思想编年·秦汉卷》附"韩诗传授"中列传授者十七人,研习者的有三十七人。⑥ 左洪涛"考得《韩诗》传授人二十人、习《韩诗》者三十三人。"⑦

　　《鲁诗》亡于晋,《齐诗》亡于北宋。自汉以后,《韩诗》的传习者依旧,文献所限,晋人习《韩诗》者多。但到了唐代,《韩诗》版本出现了较大变化,内外传分野消失,被整合成了如今所见的十卷本。宋代疑古思潮渐兴,欧阳修、朱熹等人先后对《毛诗》提出质疑,三家诗重新得到重视。王应麟《诗考》即是此时的汇纂之作。到了清代,陈乔枞《诗经四家异文考》、王先谦《诗三家义集疏》、魏源《诗古微》都坚持三家为《诗经》学正宗,这些著作里保留了大量的韩诗材料,成为研究韩诗传习的重要依据。

　　汉代虽然是诗学发展的早期阶段,但已接近于诗学地位最高的时期。即使在这一阶段中,《韩诗》相对于齐鲁二家也并非显学。

　　汉初改弦易张,这一时期《诗》已开始被士子作为表达思想主场,传达政治理念的媒介。如陆贾"前说称《诗》"到《新语》成,高祖责骂陆贾"乃公居马上得之,安事《诗》《书》!"贾曰:"马上得之,宁可以马上治乎? 且汤武逆取而以顺守之,文武并用,长久之术也。

① 蔡邕:《东观汉记》卷十九,第 884 页。
② 唐晏:《两汉三国学案》,北京:中华书局,1986 年,第 212—213 页。
③ 范文澜:《群经概论》,上海:上海书店出版社,1991 年,第 159 页。
④ 王治心:《中国学术体系》,上海:上海书店出版社,1991 年,第 81 页。
⑤ 刘汝霖:《汉晋学术编年》,上海:华东师范大学出版社,2010 年,第 55 页。
⑥ 郑杰文:《中国学术思想编年》,西安:陕西师范大学出版社,2005 年,第 625—626 页。
⑦ 左洪涛:《〈韩诗〉传授人及学者考》,《文献》,2010 年第 2 期。

昔者吴王夫差、智伯极武而亡；秦任刑法不变，卒灭赵氏。乡使秦以并天下，行仁义，法先圣，陛下安得而有之?"正是如此。

此后，"除挟书律"的颁行，废止了西周以来的官书垄断传统，促进汉初书籍流通，这大大有助于《诗经》的传习。但秦毁书时，《诗经》因为其口耳相传，得到了一定程度的豁免与保存，《汉书·艺文志》载《诗经》"遭秦而全者，以其讽诵，不独在竹帛故"。相应文本的留存，是汉代诗学复兴的基础。

到了五经博士确立时，据《汉书》载，"文帝时，闻申公为《诗》最精，以为博士""(韩婴)孝文时为博士""(辕固)以治《诗》孝景时为博士"，景帝博士辕固生也传《诗》授业，《史》《汉》均载"诸齐(人)以《诗》显贵，皆固之弟子也"。其中名姓可考者有夏侯始昌，且"最明"，为武帝"甚重"。官方对《诗》的推崇，是诗学在汉代风行的根本。三家宗师毕集于廷，不仅完成了各自的学术创建，也在政治上得到认可，被立为博士官，对三家《诗》学后续的传播起了重要的推动作用。

继设五经博士后，武帝又"兴太学"，为博士置弟子员，此等举措改变了博士官属性，壮大了儒生队伍，扶持了诗学与儒学的发展。

赋诗言志，以诗观风，可以说，先秦时期《诗》学发展的特征之一就是经学与政治的联系不断强化，这一演进趋势在西汉得以延续。汉儒普遍认为，《诗》中蕴含着可以施政治国的王教大道和微言大义，因此名正言顺地援引《诗》文以参议政治。陆贾称引《诗》文于刘邦前，并著《新语》以述己志，可谓开西汉群臣之先。之后，孝文时贾山"言治乱之道、借秦为谕"的《至言》中亦有引《桑柔》《文王》《荡》以证明其理的事例。武帝时群臣上疏言奏称引《诗》文更比比皆是，征引《诗经》的数量和篇目较之汉初也大有改观。这即是汉初尊《诗》为经的结果，《诗》的经典化历程也逐渐启航。

如果从传习角度来分析武帝时的诸经情况，张汉东先生考察武帝朝所立二十二博士中学有专长的十七人,其中治《鲁诗》者七人,治《韩诗》者二人,已近博士总数的一半,远远超过他经博士。但就诗本身而言,《韩诗》地位仍旧不如《鲁诗》。

至昭宣时期,除《诗》仍分三家外,其他各经都有新的派系衍生。一般认为,武帝时期的经学博士是五经七家,除《诗》分三家外,其他各经各占一家。至宣帝时期,因各经繁衍派生,又开始增设新的经学博士。

此时诗学在渐渐发展,如蔡义因治《韩诗》为相,昭帝时期,曾经"诏求能为《韩诗》者",蔡义得以进见,"说《诗》,甚说之,擢为光禄大夫、给事中,进授昭帝"。又如王式以《诗》为谏等。但石渠的论议中《诗》的比重下降,已经说明此时诗学的地位开始衰微了。《石渠议奏》今已佚失,但据《汉书·艺文志》著录,宣帝石渠论有《书》类议奏四十二篇、《礼》类议奏三十八篇、《春秋》类议奏三十九篇、《论语》类议奏十八篇、五经杂议十八篇。或许这与《诗》的发端较早,学派细分完成最早、发展也相对成熟有关,但宣帝有意扶持《穀梁》学也当是原因之一。

元帝之后的《诗》学发展日益显盛,开始表现出超越《春秋》学而呈一学显尊的趋势。元帝之后,帝王称引《诗》更加习常、普遍,征引《诗》的范围也更加宽泛。除张游卿"以《诗》授元帝"外,《齐诗》学大师萧望之也曾担任元帝的老师,《后汉书·儒林传》还记载了高嘉"以《鲁诗》授元帝"的情况。成帝太傅、少傅中,治《诗》名家即有韦玄成和匡衡,玄成《诗》学承于其父韦贤,韦贤师从申公弟子大江公及许生,又发扬光大之以成《鲁诗》韦氏学;匡衡师从后苍,后苍事辕固弟子夏侯始昌,故匡衡善治《齐诗》且自名其学,创《齐诗》匡氏一派。此外,另据《后汉书·伏湛列传》所记,湛父理也曾"以《诗》授成帝",伏理受《诗》匡衡。成帝更以《诗》考虑时为定陶王的汉哀帝,并因其"通习""能说"而"数称其材",乃至终以其为嗣。哀帝得嗣君位有缘于《诗》,又曾先后从《鲁诗》韦氏学传人韦赏、匡衡高徒兼《齐诗》师氏学创始人师丹习《诗》。这一时期,诗学特别是齐鲁二家诗的繁盛可想而知。

至东汉,士人注重士节,重征辟,利禄对学经的刺激减弱,古文经学逐步取得对于今文经学的优势,私学比官学影响更大。三家《诗》逐渐衰落,鲁诗亡于晋,齐诗亡于北宋。《四库提要》认为韩诗亡于南北宋间。但齐鲁二家诗已近乎毫无文本留存,辑佚残文也少,魏晋以后,韩诗虽存而无传者,但尚有《外传》十卷及一定辑佚留存,也随之没落,毛诗逐渐成为诗学的主流。

此后,韩诗式微,相应文本也在唐宋之后渐渐散佚,《韩诗外传》作为为数不多的较为完整的韩诗文献,成了历代学者研究韩诗的突破口。直到宋代,《韩诗外传》一般都被认为是韩婴的解经之作;宋代之后,随着文本的缺失,才逐渐开始质疑《韩诗外传》是不是解经说《诗》之作。

2. 解《诗》问题的争议

《韩诗外传》由于它特殊的文本结构,是解经还是用《诗》之作,历代聚讼纷纭。

《韩诗外传》引《诗》二百八十二则,涉及三百零五篇《诗》中一百二十篇左右。卷一二十八则,除第二十七则引《小雅·北山》“溥天之下,莫非王土”外,其余三十处引《诗》属二《南》和《邶》《鄘》二风。卷二三十四则,来自《邶风》以下,除《齐风》外的国风,并按国风次序。卷三三十八则,以三颂为主,兼有大雅、小雅。卷四三十三则,除第十则和第十三则引自大雅,其余均出自小雅,其中从第十八到第二十四则共七则,均引自《小雅·角弓》。卷五共三十四则,除有两篇缺脱引《诗》外,以引大雅为主,其中二十六则所引诗句出自大雅。卷六二十七则,除第二十七则引自《小雅·小旻》外,其余均引自大雅,第十六则和第二十则又分别引自《小雅·天保》和《鄘风·相鼠》。卷七二十七则全部引自小雅。卷八三十五则,二十则出自大雅,兼有国风、雅及颂。卷九缺失诗文十一则,第十三则"代马依北风,飞鸟扬故巢"非今本《诗经》句,其余大部分出自国风。卷十有六脱《诗》,其余出自大雅。这种篇章分布和《诗经》编排大体相近,可以从这一角度论证《韩诗外传》的主线还是以《诗》为本的。

反对解经说者如洪迈,在《容斋续笔》中通过举证《韩诗外传》中孔子行事失当之处,来说明以此阐释诗经的谬误性。① 陈振孙亦认为其"不专解《诗》"。② 明代王世贞也反对这种观点,认为"《外传》引《诗》以证事,非引事以明《诗》"。③ 这种观点集中表现在《四库全书总目》中,它将《韩诗外传》从"经部·诗类"除去,归入"诗类"附录,同时直指《韩诗外传》"无关乎《诗》义"。④

主流观点还是更倾向于《韩诗外传》解诗说。《崇文总目》中即明确指出这是一种和毛诗不同的《诗经》传。⑤ 晁公武《郡斋读书志》里认可《韩诗外传》的说《诗》主旨,晁氏认为《韩诗外传》"虽非解经之深者,然文辞清婉,有先秦风"。⑥ 以陈澧为代表的学者们认为毛传开创了引事证《诗》的先例,清代陈乔枞也认为《韩诗外传》"或引《诗》以证事,或引事以明《诗》"。⑦

《儒林传》有:"燕赵间言《诗》者由韩生。"《汉书·艺文志》有:"鲁申公为《诗》训诂,而齐辕固生、燕韩生皆为之传。"按《汉志》所

---

① 如《韩诗外传》卷一"孔子南游适楚"章,洪迈认为:"观此章,乃谓孔子见处女而教子贡以微词三挑之,以是说《诗》,可乎? 其谬戾甚矣,他亦无足信。"也指出了《韩诗外传》不似解《诗》。洪迈:《容斋续笔》卷八"韩婴诗"条,上海:上海古籍出版社,1978年,第 310 页。

② 陈振孙:《直斋书录解题》,上海:上海古籍出版社,1987 年,第 35 页。

③ 王世贞:《弇州山人四部稿》卷二〇〇《读韩诗外传》,影印文渊阁《四库全书》本,第1280 册,上海:上海古籍出版社,1989 年,第 763 页。

④ 永瑢等:《四库全书总目》卷十六,北京:中华书局,2003 年,第 136 页。

⑤ "《汉志》婴书五十篇,今但存其外传,非婴传诗之详者,而其遗说时见于他书,与毛之义绝异,而人亦不信。"欧阳修:《欧阳修全集》,北京:中国书店,1986 年,第998 页。

⑥ 晁公武撰,孙猛校证:《郡斋读书志校证》卷二,上海:上海古籍出版社,1990 年,第64 页。

⑦ 陈乔枞:《韩诗遗说考·自序》,《续修四库全书》编委会《续修四库全书·经部·诗类》第七十六册,上海:上海古籍出版社,2002 年,第 494 页。

说,鲁诗阐释名物字词,齐诗和韩诗则是阐发义理。《韩诗外传》的说《诗》方式是多样的,卷一章二十八,以《召南·甘棠》的本事释"蔽芾甘棠、勿翦勿伐、召伯所茇"的含义,卷一章二直接解释了"虽速我讼,亦不汝从",卷十章一、二、三用三则故事释"济济多士,文王以宁"。这种方式一度为人质疑,但如卷二章十四,用蘧伯玉事释《郑风·羔裘》"彼己之子,邦之司直",王先谦在《诗三家义集疏》中指出三家的释义是相同的。可见,韩婴引《诗》用《诗》释《诗》并未完全脱离《诗经》本义,韩婴仍在解释《诗经》上作出了自己的贡献。

今人的研究成果中,解经说仍是主流观点。汪祚民在《〈韩诗外传〉编排体例考》中,通过比较《韩诗外传》与《荀子》《说苑》等的用《诗》方式,认为《韩诗外传》的编排纲目以《诗》的章句为本,所印证事例是服从于诗句的。① 罗立军在《〈韩诗外传〉无关诗义辨正》中反对"无关诗义"论,认为《四库全书总目》宣扬这一说法是今古文政治斗争之下的结果。② 杨树增、王培友通过《〈韩诗外传〉研究》也支持这种观点,反对"无关诗义"说,二人认为《韩诗外传》中采用的是一种与汉代及以前均为不同的传经方式,认为《韩诗外传》是"汉代传经的通俗性读物"。③

另有学者通过史料互证来说明《韩诗外传》的说《诗》性质。房瑞丽在《〈韩诗外传〉传〈诗〉论》中明确支持了《韩诗外传》传《诗》的

---

① "所引《诗》句不仅是组织篇章材料的纲领,而且也是章次编排的主线,其所记杂说故事全被《诗》句纵横交织的网络所覆盖,其说解和阐发《诗经》的性质是十分显明的。传统的说法则混淆了《外传》引《诗》与《荀子》《说苑》等诸子杂说著作引《诗》的本质区别。"汪祚民:《〈韩诗外传〉编排体例考》,《陕西师范大学学报》(社会科学版),2003 年第 3 期。

② "《韩诗外传》断章取义的解诗模式是先秦儒家孔、孟、荀通经致用、弘扬诗教的正脉。《韩诗外传》的编撰目的、编排体例、解释立场都是围绕儒家诗教的宗旨而展开,《四库全书总目》对《韩诗外传》无关诗义的误判应该从今古文斗争与政治发展的历史脉络去理解。"罗立军:《〈韩诗外传〉无关诗义辨正》,《华南师范大学学报》(社会科学版),2005 年第 3 期。

③ 杨树增、王培友:《〈韩诗外传〉研究》,赵敏俐主编:《中国中古文学研究——中国中古文学国际学术研讨会论文集》,北京:学苑出版社,2005 年,第 118—136 页。

观点，将《史记》《汉书》等史料记载与《孟子》《荀子》《论语》等儒家文献中的互文结合对证，并且认为《韩诗外传》的编排体例和《诗经》是有渊源的。又在《〈韩诗外传〉与先秦〈诗〉学渊源关系探略》一文中详细比较了《韩诗外传》的引《诗》孔门诗教、孟子"以意逆志"、《荀子》引《诗》及《左传》引《诗》进行了比较，借"传"的文体特征与早期文献引《诗》之间的联系，说明《韩诗外传》的传《诗》传统与先秦诗学一脉相承。① 边家珍在《从经学史视角看〈韩诗外传〉说〈诗〉的性质与特点》中认为《韩诗外传》是明显带有今文经特色的说《诗》之作，但不乏引《诗》证事的案例。② 艾春明在其博士学位论文《〈韩诗外传〉研究》中支持《韩诗外传》解《诗》体裁中的一种，并将《韩诗外传》解《诗》的方法总结为"直接阐释义理型""以事作传""解释名物制度""解释与《诗》相关的物理、事理""汇集相关材料"等类型。③ 于淑娟《〈韩诗外传〉研究——汉代经学与文学关系透视》一书，以"《韩诗外传》的文本性质——兼论《左传》用诗与《韩诗外传》解诗"一章对比了《左传》与《韩诗外传》中同一《诗》句的引用，分辨二者的差异，指出《左传》更偏重于"断章取义"，而《韩诗外传》则更偏重于解，而且是叙事解经。④ 《儒家诗学传授体系

---

① 房瑞丽：《〈韩诗外传〉传〈诗〉论》，《文学遗产》，2008 年第 3 期。又《〈韩诗外传〉与先秦〈诗〉学渊源关系探略》，《北方论丛》，2012 年第 1 期。

② "从经学史的角度观照，《韩诗外传》当是一部说《诗》之作，且带有比较显著的今文经学通经致用的特点。"如果把《韩诗外传》中的一段单独拿出来，你固然可以说它是引《诗》证事，与《荀子》或刘向《说苑》中的一些段落相似或相同；但如果内容不同的几段话排列在一起意在阐释同一《诗》句时，你只能说它是引事（或引论）以明《诗》了。边家珍：《从经学史视角看〈韩诗外传〉说〈诗〉的性质与特点》，《诗经研究丛刊》，2011 年第 1 期，即《论〈韩诗外传〉的〈诗〉学性质及特点》，《河南大学学报》（社会科学版），2012 年第 4 期。

③ 艾春明：《〈韩诗外传〉研究》，东北师范大学博士学位论文，2008 年。

④ "叙事内容的改写是对诗句经学内涵的迎合，这印证了《韩诗外传》正是以经师对诗句的儒学理解作为标准，诗句外在于叙事，叙事中突出与诗句经学意义相匹配的情节因素，以完成对诗句的叙事解说。相比之下，《左传》中的相同诗句是叙事的组成部分，无论是赋诗还是文中引诗，都为表达事件情境中的个人情感、意志，是典型的情境用诗。"于淑娟：《〈韩诗外传〉研究——汉代经学与文学关系透视》，上海：上海古籍出版社，2011 年，第 93 页。

的内部生成——儒家诸子说诗与〈韩诗外传〉解诗》一章中则将《论语》《孔子诗论》《孟子》《荀子》等文献引入对比,通过比较相异之处,说明这些文献和《韩诗外传》的差异,证明这些文献属于用《诗》性质,而《韩诗外传》引《诗》则具有解《诗》性质的。①

《孔子诗论》只有二十九枚不完整的竹简,但简要的议论中可以一窥孔子对《诗》的论点,周凤五先生认为其甚至不宜称为"诗论",当以"论诗"或"论《诗》"为名。《孔子诗论》用篇章不用全诗,《诗》论结合,不仅同《韩诗外传》在整体思路上与表现形式上类似,有些论点也是相通的。《孔子诗论》中有"吾以《甘棠》得宗庙之敬",《韩诗外传》作释《甘棠》时说"于是诗人见召伯之所休息树下,美而歌之"。二者均认为《甘棠》是对先人的美敬之歌。《孔子诗论》第一简有"行此者,其有不王乎? 孔子曰:《诗》亡隐志,乐亡隐情,文亡隐言"。《礼记·孔子闲居》有"志之所至,诗亦至焉"。孔子所提倡的《诗》言志在《韩诗外传》中也有类似表现。卷五章十九说"殷鉴不远,在夏后之世",有"无常安之国,无恒治之民,得贤则昌,失贤则亡"。这种借《诗》的表现与《孔子诗论》有可比之处。

这种材料互见的论证手法,对《韩诗外传》的研究非常有益,历代学者已经有所涉猎。清代陈士珂《韩诗外传疏证》简单地将先秦及汉代所有与《外传》互见的文献都罗列在《外传》的每一章之下,金德建《〈韩诗外传〉的流传及其渊源》简明扼要地指出《外传》与《荀子》互见的章节数目。直到赖炎元《韩诗外传考征》中专列《韩诗外传疏证》一章,对这一问题进行了较为详尽的材料对比。整体来说,互见文献的研究主要停留在对比行文上,仍旧为后人研究留下了极大的空间。这种研究方法,也为研究《韩诗外传》的主要内容形成时间奠定了一定基础。也有借助《韩诗外传》通过对比同文来证明其他文献史源者,如在《说苑》研究中,徐建委《〈说苑〉研

---

① 于淑娟:《〈韩诗外传〉研究——汉代经学与文学关系透视》,上海:上海古籍出版社,第143—240页。

究——以战国秦汉之间的文献积累与学术史为中心》中"《说苑》非承《韩诗外传》辨"一节,反驳了《说苑》中许多内容来源于《韩诗外传》的说法。① 姚娟在《〈新序〉〈说苑〉文献研究》中将《新序》《说苑》与《韩诗外传》互见章节分类,主要以成书年代来判定文献之间的关系,她认为《新序》《说苑》与《韩诗外传》的同文均直接来自《韩诗外传》,文本有差异的则是刘向在《韩诗外传》的基础上进行的改造。但这种对比建立在成书年代排序的基础上,有以果导因之嫌,其准确性有待商榷。

目前,对《韩诗外传》是否说《诗》解经的研究,主要集中在文字的比对上。互文不失为一种梳理文本的方式,通过对证,能够明确地体现先秦时期引用《诗经》解释《诗经》的不同切入点。但仅仅展现文字,也就是选取《诗经》的章句,并不能说明相应文献对待《诗经》的态度。在用《诗》"断章取义"的风尚下,所谓用诗者的选择是没有限制的,阐释也是没有规定的,而《韩诗外传》对于《诗经》的使用也在贴合与发挥的两可之间,与这种样本进行对照,不能佐证《韩诗外传》中的故事与《诗经》本意是否一致。而应当将《韩诗外传》的文本放回《诗经》的语境中以还原《韩诗外传》在《诗经》释义嬗变中的地位,力求说明《韩诗》故事和《诗》文之间的关系与选择编排的目的。

目前学术界在《韩诗外传》究竟是说《诗》还是引《诗》证事上仍有所争议,笔者更倾向于说《诗》。从《韩诗外传》的体例来看,学术界目前的观点是比较统一的。《韩诗外传》体例大多先叙事或议论,篇末引《诗》一两句以证明。叙议结合以《诗》作结,是韩诗学派与毛诗学派的明显差异。而同一两句诗,有时也有两则以上的事例或理论,分条阐述,侧重点各有不同。其论述则多节录诸子原文,取舍剪裁以见己意,正如晁公武《郡斋读书志》称其"文辞清婉,

---

① 徐建委:《〈说苑〉研究——以战国秦汉之间的文献累积与学术史为中心》,北京:北京大学出版社,2011年,第199—217页。

有先秦风"。与此同时,《韩诗外传》中仍有二十四段文字,缺乏引《诗经》章句重申结论的结尾,如章七"赵简子有臣曰周舍"条。这一则可能说明文本有缺损,二则亦指向韩诗并不限于窠臼,一味拘泥于一事一诗或二诗的格式,这也符合外传体例本身形式自由的特点。

总体而言,《韩诗外传》引用的先秦典籍来源材料占全书比重较大,并且有些用《诗经》引文作结,可以从中看出这些材料的古老性。与类似形式的引《诗》用《诗》文献进行对比,可进一步体现《韩诗外传》的学理情貌。《礼记·缁衣》也是将《诗经》断章与其他儒家文献相结合,以阐述自身的思想观念,在形式和理念上有重要的比较价值。而《孔子诗论》是孔子对《诗经》集中的义理论述,通过论证人格性情与内在涵养,逐渐导向论"礼",与《韩诗外传》在整体思路上与表现形式上都很类似,因此对读价值较高。这些都是儒家思想从早期向战国分派间过渡,逐渐完善其哲理化与政治教化功能的重要产物,因此对读这些文献,可以推断《韩诗外传》的思想特征以及来源与所处阶段。

略举一例。《孔子诗论》中有:"吾以《甘棠》得宗庙之敬,民性固然。甚贵其人,必敬其位;悦其人,必好其所为;恶其人者亦然。"《韩诗外传》作:"昔者,周道之盛,邵伯在朝,有司请营邵以居。邵伯曰:'嗟!以吾一身,而劳百姓,此非吾先君文王之志也。'于是,出而就蒸庶于阡陌陇亩之间而听断焉。邵伯暴处远野,庐于树下,百姓大悦,耕桑者倍力以劝,于是岁大稔,民给家足。其后在位者骄奢,不恤元元,税赋繁数,百姓困乏,耕桑失时。于是诗人见召伯之所休息树下,美而歌之。《诗》曰:'蔽芾甘棠,勿翦勿伐,召伯所茇。'此之谓也。"①《说苑·贵德》②《白虎通·巡狩》③也同引此诗,

① 许维遹:《韩诗外传集释》卷一,北京:中华书局,1980 年,第 30 页。
② 刘向撰,向宗鲁校证:《说苑校证》卷五,北京:中华书局,1987 年,第 94 页。
③ 陈立撰,吴则虞校注:《白虎通疏证》卷六,北京:中华书局,1994 年,第 292 页。

皆作述职,其大意相近。《孔子诗论》中仅仅说明《甘棠》是宗庙之敬,敬重之而感谢之。《韩诗外传》则进一步详述召伯故事,对传达不伤民时、时人皆得其所的政治理念更为有力。因此,这种对证,对于理解和判断《韩诗外传》的地位与思想倾向是有益的,也有助于更完善地理解《孔子诗论》。

其次,《韩诗外传》并不是简单地说《诗》,它更多富有诗教的意义,重视《诗经》"兴观群怨"的功能。《韩诗外传》在草木鸟兽之外,更凭借《诗经》的事父事君功能,通过对《诗经》的阐释和发挥,传达韩婴的个人学术立场与政治观点。同时,《韩诗外传》中还有丰富的故事旧例,有些是用来说明《诗》的内容,如"古者八家而井田"条,是说明"中田有庐,疆埸有瓜"中所反映的具体环境,但下文的"今或不然"等内容则是引申"其何能淑,载胥及溺"的义理。[1] 这首诗原本出自《大雅·桑柔》,更贴合全诗的意义,应该是小人当国的危害。《孟子·离娄上》中引用此诗,辅政"不仁""失其民心"而"为渊驱鱼,为丛驱雀"后果。[2] 但《韩诗外传》的征引,则用其字面含义,形容当时"令民为伍"的灾难性后果。这种变动既可以理解成"什伍"的不当是"小人"不仁所造成的,也可以理解为韩婴借此阐述了相应的政治立场。这种目的和《诗经》本身就具有的"美刺"功能是相通的。因此,通过梳理《韩诗外传》中《诗》的意义变更情况,当可侧写韩婴个人学术思想、政治思想的整体轮廓。

《韩诗外传》除明确的《诗经》材料与出土文献对证外,还有丰富的传世的互见文献资料。并非要在韩婴的吸收融合中去苛求这些材料的前后传承关系,深究韩婴更重孟还是重荀,而是利用这些材料进行内容互证,更有裨于还原韩婴的思想体系。《韩诗外中》的互见材料以《荀子》最为常见。毛诗、鲁诗被认为是"荀卿子之传也",而《韩诗》亦"荀卿子之别子也"。后儒若郝懿行、严可均等均

---

[1] 许维遹:《韩诗外传集释》卷四,第 143 页。

[2] 焦循撰、沈文倬点校:《孟子正义》卷十五,北京:中华书局,1987 年,第 503 页。

更尊荀,称"其学醇乎醇"①,甚而认为"荀子当从祀"②。清末民初,刘师培先生论及鲁、齐、韩、毛四家《诗》"同出一源"。③除此之外,《孔子家语》《庄子》《韩非子》《吕氏春秋》以及《晏子春秋》《老子》《孟子》也曾出现,《韩诗外传》中也有《易》相关文本共计八则。《韩诗外传》所举例证有见于刘向所编《说苑》《新序》《列女传》以及赵晔撰《吴越春秋》,也有《春秋》三传的材料。而定县汉墓竹书《儒家者言》的出现,使与《说苑》互见的材料来源出现了新的可能。许维遹未见《儒家者言》而否认《孔子家语》的真实性,将《说苑》彼章的材料来源归于《韩诗外传》,但《儒家者言》的出土带来了新的可能。《韩诗外传》或来源于《儒家者言》,甚至可能来源于其他已经亡佚的古书。又如《韩诗外传》中有两章记载了孔子弟子宓子贱的事迹,而这两章又同时见于《说苑》,而《汉书·艺文志》中著录有《宓子》十六篇,《韩诗外传》和《说苑》中的这两章同《宓子》的关系也可作一思考。董治安在《先秦文献与先秦文学》中详细列举了战国文献的用《诗》引《诗》情况,也可做有力参证。④

这些文献的对比在《韩诗外传》研究中尤为重要,《韩诗外传》引用不拘一格,其不囿于家学派别之分以塑造与阐发自身学说理念的学术特征,其思想的杂糅性以及所体现的各家思想的共通性,都可以利用此类文献材料对比加以爬梳。

(五)《韩诗外传》与汉代经学思想

《韩诗外传》本身具有鲜明的儒家学术特征,对礼法忠孝这种儒家核心命题,《韩诗外传》都进行了个性鲜明的阐释。韩婴

① 郝懿行:《与王引之伯申侍郎论孙卿书》,参见王先谦:《荀子集解》,《考证上》,第15页。
② 严可均:《铁桥漫稿》卷三《荀子当从祀议》,光绪乙酉长洲蒋氏重刊本。
③ 刘师培:《诗分四家说》,载《左盦集》卷一;又见《刘申叔遗书》,南京:凤凰出版社,1997年,第1207页。
④ 董治安:《先秦文献与先秦文学》,济南:齐鲁书社,1994年。

的学术特征既具有时代转折时期的兼容并蓄,也有与韩婴个人身份相关的政治需求,整体内涵是多样的。这一点,学术界有一定的研究。

《韩诗外传》中最典型的儒家论题依旧是忠孝矛盾。韩婴的学说包含了这种大一统社会转型时期的一大难题,这种难以两全的选择在《韩诗外传》中有明显体现。张仁玺在《〈韩诗外传〉中的孝道观述论》中阐述了韩婴对孝道的重视,并且其孝道观和先秦儒家的基本一致。他提出忠孝之间的矛盾,但并没有解答这种矛盾。[①]张红珍在《〈韩诗外传〉中的忠孝矛盾》也指出"处于忠孝观念发生着迁移变化的历史时期,对于'忠孝不能两全'的矛盾和冲突,他既没有和传统的忠孝观完全一致,也没有一意推广统治者所需要的忠重于孝"[②]。

张红珍《韩婴对先秦儒家礼治学说的继承和发展》指出韩婴"在其著作《韩诗外传》中阐述的关于礼的起源、作用以及权变等的思想观点,都表现出他对作为儒家思想之标志的、协调人与人之间以及国家内部关系为核心内容的礼治学说的整合和进一步发展"[③]。艾春明更进一步阐明,"韩婴对礼与法的理解,对它们在社会生活、政治结构中的作用、关系,作通盘考虑。礼与法在韩婴的治世之道中都派上了用场,二者已经统一在他的政治思想框架里"[④]。罗立军《〈韩诗外传〉的礼治思想》着重探讨了《韩诗外传》中的礼治思想。他认为,韩婴的礼法并举是荀子思想的延续,但由于韩婴的礼法基础是孟子式的性善论,这样带来的礼法矛盾被治国之道所调和,法是家国对权力的需求与保障,而不是个体规范的

---

① 张仁玺:《〈韩诗外传〉中的孝道观述论》,《广西社会科学》,2014 年第 2 期。
② 张红珍:《〈韩诗外传〉中的忠孝矛盾》,《东岳论丛》,2005 年第 3 期。
③ 张红珍:《韩婴对先秦儒家礼治学说的继承和发展》,《理论学刊》,2006 年第 8 期。
④ 艾春明:《〈韩诗外传〉对礼与法的统一》,《辽东学院学报》(社会科学版),2010 年第 2 期。

标准,从而保证了儒家道统的统治性,避免"法"的权力异化。①

　　杨柳在《〈韩诗外传〉哲学思想刍议》中也认为,《韩诗外传》的"思想体系虽未完整严密,但体现了汉初试图建立大一统思想体系的努力,一定程度上成为董仲舒天人合一思想的理论雏形"。但是杨柳同时认为《韩诗外传》思想的主要内容是对天人理性的哲学思考,是"'道'和'德'为本位的宇宙本体论、混合了自然性和伦理性的天道观,以及独具特色的人性论和历史观",她不仅认为《韩诗外传》更多地继承了孟子的伦理观和天道观,而且这种形而上的理念事实上给了了《韩诗外传》的哲理性非常高的评价。②

　　这种礼法的争议,反映的是关于《韩诗外传》思想主要来源的纠纷。学者大多从韩婴的文本与孟荀的重合度入手,各执己说。《韩诗外传》确与孟荀用《诗》的引论诗融合、史事结合义理,句意结合阐释的方法相近,但《韩诗外传》到底是宗荀还是宗孟,或者荀孟融合,或者还有其他学说的杂糅,学术界尚无定论。

　　事实上,《韩诗外传》与《荀子》的重合材料是非常多的。赵伯雄《〈荀子〉引〈诗〉考论》就认为:"通观《外传》全书,其征引《诗》句同于《荀子》者共有三十多处,在这三十多处引《诗》中,大多数韩义是与荀义相同的。例如韩氏引《曹风·鳲鸠》,小雅之《小明》《楚茨》《角弓》,大雅之《皇矣》《泂酌》《文王有声》,《周颂》之《执竞》,《商颂》之《长发》等所要说明的'义'与《荀子》引这些《诗》所要说明

---

① "承继荀子礼法并用的原则,但由于荀子以善恶论作为其礼治的理论基础,因此,在荀子那里,礼法具有本性上的一致性。由于韩婴以孟子的性善论置换了荀子的理论根基,这样,作为仁体之用的礼与作为外在强制性规范的法具有本性上的不一致,如何沟通呢?"由上述引文可以看出,韩婴主要借助"原始察终"的思维,强调治国之道在于治本,通过礼教防患于未然。这样,一方面,韩婴的礼治思想作为"本"统合了法家的法治,具有极强的现实可行性;另一方面,"礼"与"法"具有本性上的差异性,具有沟通儒家内在"仁体"的作用,从而,保持了儒家道统对现实治统的优先性,防止了荀子之"礼"被权力所异化的危险。罗立军:《〈韩诗外传〉的礼治思想》,《理论月刊》,2007年第5期。

② 杨柳:《〈韩诗外传〉哲学思想刍议》,《贵州大学学报》(社会科学版),2004年第5期。

的'义'完全一致或者非常接近……总的来看,就可以进行比较的材料而言,《韩诗》的《诗》义有相当多的部分是来自荀子的。"①徐复观先生说《韩诗外传》引《荀子》者四十四处,其引《诗》之例,亦出《荀子》",可见《韩诗外传》深受荀子影响。而《韩诗外传》继承《春秋》以事明义的理念,将故事或议论与诗句结合,这一点与《荀子》引《诗》非常相似。《荀子》引《诗》,以雅颂为主,整体来看内容有所重复,一般以议论始,然后引《诗》以明之,以"此之谓也"的句式结束。如《荀子·君道》:"故上好礼义,尚贤使能,……夫是之谓至平。《诗》曰:'王犹允塞,徐方既来。'此之谓也。"此类观点,均从文字和形式上进行对比,虽不能完全总结韩婴的学术理念,但也可反映韩婴学术与荀子的部分共识。

在《韩诗外传》中同样存在与其他材料的相似或相同文本,并且韩婴运用类似的材料阐述了不同的学术思想,这种单从并举材料的角度推证韩婴宗荀的说法稍显片面。金德建《〈韩诗内传〉的流传及其渊源》一文也据此持宗荀论点。他通过从地域上猜测以及并举材料认为,韩婴居燕,毗邻于荀子所处的赵地。因此,从地域关系上来看,"韩婴的《诗经》学来源,必定是继承荀卿"。同时,他列举了《韩诗外传》中与《荀子》互见的章节,认为"据此可知韩婴本人著书立说讲《诗经》大义的时候,对于赵地这位前辈荀卿的书是怎样的乐于采纳"②。但孟庆楠在支持这种思路的基础上,进一步认为韩婴在《韩诗外传》中的材料选择只是出于自己的学术目的,并不是旨在继承或者发扬某一学派的观点,因此并不能借此得出更深的结论。③ 这种说法,笔者认为是较为客观的。但这种观

① 赵伯雄:《〈荀子〉引〈诗〉考论》,《南开大学学报》(哲学社会科学版),2000年第2期。
② 金德建:《韩诗内传的流传及其渊源》,《新中华》第一卷第七期,1948年4月。
③ "《外传》征引前人之说,并不仅仅是为了记录和保存旧义,而是要通过对旧说的选择、改造与整合,贯彻、表现自己的思想意图。所引旧说构成了《外传》阐发新义的重要素材。"孟庆楠:《〈韩诗外传〉对旧说的征引与整合》,《中国典籍与文化》,2013年第2期。

念也未得到认同,张小苹即反对通过列举材料的方式来证明《韩诗外传》对《荀子》思想的继承,大量征引《荀子》,可能只是出于所见材料数量众多以及西汉初期荀子较高的学术地位。① 这种整体否定韩婴与荀子思想学术的互通性的观点,同样偏颇。

孟子则提出了“以意逆志”的诗学观,《孟子》中用《诗》,共计三十七次,一般是叙议结合,有先诗后论,如《孟子·梁惠王上》用“刑于寡妻,至于兄弟,以御于家邦”,用于说明“举斯心加诸彼”,推恩以行王道。也有先论后诗,如《孟子·梁惠王下》用“哿矣富人,哀此茕独”,说文王的仁政。从体例与内容上看,与《韩诗外传》也是类似的。

认为《韩诗外传》宗孟者,如李华在《韩婴诗学的宗孟倾向——论〈韩诗外传〉对孟子诗学的接受》中明确指出,《韩诗外传》的学术谱系是传承于孟子的。从“王者之迹熄而《诗》亡”的诗学观到引《诗》证事的体例,都是孟子诗学的重要特色。② 此后,在《孟子诗学观在汉代的影响——以〈韩诗外传〉对孟子“迹熄〈诗〉亡”观的继承为例》中,李华指出《韩诗外传》明显的王道政教功能,是孟子的诗学观的继承与发展。③ 这种对孟子的推崇在《诗》本身之外,还

---

① “综合韩婴对荀子引《诗》的态度以及《韩诗外传》征引《荀子》的体例来看,荀子与韩诗之间可能并不存在渊源关系,韩婴只不过是将《荀子》作为原始素材来诠释自己对《诗经》的理解。《外传》大量征引《荀子》,与荀子著述比较丰富及西汉初年荀子学术地位较高有关。”张小苹:《荀子传〈韩诗〉考辨》,《管子学刊》,2011年第1期。

② “《韩诗外传》与孟子诗学存在承传关系。主要表现为:在韩婴的诗学传承谱系中,孟子被置于一个仅次于孔子的重要环节;在诗学观念上,韩婴接受了孟子的‘王者之迹熄而《诗》亡’的诗学观,并将这一观念应用到诗学实践;在用《诗》方式上,韩婴继承了孟子的‘引《诗》证事’特点,使得《韩诗外传》在传《诗》方式上,颇‘殊’于齐、鲁两家诗。”李华:《韩婴诗学的宗孟倾向——论〈韩诗外传〉对孟子诗学的接受》,《东岳论丛》,2010年第9期。

③ “汉代四家诗在解《诗》用《诗》的过程中,无不突出强调《诗》的王道政教功能,把《诗》视为承载王道政教的政治教科书,这也是汉《诗经》学特点的最重要的表现之一。而这一特点,又以《韩诗外传》表现最为突出。不过追根溯源却会发现,汉代诗学的这一经学特点源于对孟子‘王者之迹熄而《诗》亡’观点的承袭和践行。甚至可以说,孟子的‘迹熄《诗》亡’观,在一定程度上规定了汉诗解经释旨的诗学方向。”李华:《孟子诗学观在汉代的影响——以〈韩诗外传〉对孟子‘迹熄〈诗〉亡’观的继承为例》,《江西科技师范学院学报》,2010年第6期。

体现在对'圣'这一概念的推崇、对古代圣人的称颂以及对成圣标准的判定上,这都是孟子学术的重要内涵。①"高子问于孟子:卫女何以得编于《诗》也?"是《韩诗外传》中仅有的两章涉及论诗的内容,因此李华认为:"在篇章和说诗人物的选择上,韩婴选择孔子言《关雎》,孟子说《载驰》。这体现了韩婴对孔子和孟子在诗学传承地位上的独特理解。""《韩诗外传》在《诗》的说、解过程中体现出的明显的王道倾向,正是对孟子'王者之迹熄而《诗》亡'的观点接受的表现。"此外,"《韩诗外传》在士人的独立意识建构、人格要求和不同境遇下的选择三个问题上完全继承了孟子的观点。可见,早在汉初,学者就已经开始了对孟子士人精神建构问题的系统性关注"②。李华认为《韩诗外传》这种对孟子的推崇更是孟子在汉代诗学中重要地位的体现,从而可以反过来梳理孟子学术的演变与地位。③ 李峻岫支持这种观点,他在《韩婴孟学思想探析——再论〈韩诗外传〉与孟荀的关系问题》中同样因为材料的重合度高而认为《韩诗外传》主要受荀子影响。但他补充认为《韩诗外传》在人性论上还是遵循了孟子的传统。④

---

① 《论〈韩诗外传〉对孟子圣人观的承袭——〈韩诗外传〉渊源新探》一文说:"'法先王'和'法后王',是儒家学说中两种截然不同的圣人观,这一区别,往往成为划分儒家学说中孟子一派和荀子一派的关键性依据。然而,被人们认为是荀子后学的韩婴,却在其著作《韩诗外传》中,展现出了对孟子圣人观的大量承袭:无论是对'圣'这一概念的推崇;对古代圣人的称颂;还是对成圣标准的判定上,均与孟子的观点如出一辙。这一现象提示我们,对于《韩诗外传》的渊源问题,值得引起我们的重新思考。"李华:《论〈韩诗外传〉对孟子圣人观的承袭——〈韩诗外传〉渊源新探》,《重庆工商大学学报》(社会科学版),2011年第2期。

② 李华:《论孟子士人精神在汉代的影响——以〈韩诗外传〉对孟子士人精神的继承为例》,《沈阳大学学报》(社会科学版),2011年第1期。

③ "可以通过对《韩诗外传》的把握,来管窥韩婴及韩诗学派在学术方面对孟子的承传。这不仅对把握《孟子》在韩婴学术构成中的分量具有积极意义,而且对理清汉代诗学渊源、重新考查孟子在汉代诗学承传过程中的地位,也有一定的辅助作用。"李华:《论〈韩诗外传〉对孟子的推崇》,《巢湖学院学报》,2011年第1期。

④ "西汉韩婴之《韩诗外传》杂采先秦之经子传说以说《诗》,其中援引最多的当数《荀子》,以致前人多认为韩诗为'《荀卿子》之别子'。实则就《韩诗外传》一书来看,韩婴固然在诸多方面受荀子影响,但也吸收了孟子的很多观点,表现出一定的尊孟意识。韩婴在人性论、法先圣等问题上都体现了其兼综孟荀的倾向。在 (转下页)

　　樊东在其博士论文《韩诗外传著述体例及相关问题研究》中反对李峻岫这种论点,他指出,《韩诗外传》中不仅没有子思和孟子,而且没有陈嚣、陈仲、史鰌,但多出了范雎、田文、庄子。不仅二者所涉及的人物有很大的偏差,而且从文章结构和文本特征上来看都难以判定《韩诗外传》是袭取《荀子》,更难以判断出其中的子思、孟子是韩婴有意删去的。①

　　两种思路各有出发点,皆可备一说。争议之下,也有人主张《韩诗外传》本身体现着兼容并包的学术选择。如肖仕平《折中孟荀——韩婴修身思想论要》持杂糅孟荀说,他认为韩婴将孟子的心性求“放心”与荀子性恶基础上的学善观结合,形成了自己的修身论。②

　　这种兼收并蓄的看法并不限于孟荀之间,金春峰在《汉代思想史》中专门论述了《韩诗外传》的思想来源与成分,在“韩婴的黄老思想”一节中,他列出了《韩诗外传》和黄老相通的部分内容,认为韩婴虽然身为汉初名儒,但其学术中仍存在黄老思想的影响,但并不能“认为韩婴代表了一种新出现的融儒道而为一的新儒家或新道家思想”,而是说“韩婴本人的思想是杂驳不纯的,反映了政治上居于统治地位的黄老思想的强大影响”。③ 他又在《韩婴的儒家思想》中指出,虽然韩婴的思想学术从属于儒家,比如人性论上“韩主导思想是孟子性善的思想”,天人关系上“继承和发挥了荀子的思

　　(接上页)权变观、井田制等观点上则与孟子思想一脉相承。《外传》袭取《荀子》‘非十二子’之论而删非思孟之文;引《荀子·儒效篇》而删去‘法后王’一段均是出于其尊孟意识,亦是其自身思想倾向之合理要求。”李峻岫:《韩婴孟学思想探析——再论〈韩诗外传〉与孟荀的关系问题》,《云梦学刊》,2010 年第 1 期。

①　樊东:《韩诗外传著述体例及相关问题研究》,上海大学博士毕业论文,2016 年。

②　“探讨修身问题是韩婴《韩诗外传》的一个重要内容。韩婴倡导修身,他兼采孟荀两人在修身问题上的说法,不过,韩婴并非简单地杂凑孟荀之说,他是将孟子的求‘放心’与荀子性恶论中学以成善的观点相承接,由此形成其新意的修身思想。”肖仕平:《折中孟荀——韩婴修身思想论要》,《河北大学学报》(哲学社会科学版),2004年第 1 期。

③　金春峰:《汉代思想史》,北京:中国社会科学出版社,1987 年,第 65—69 页。

想",但最终并没有形成自己的完整体系。① 李知恕在《论〈韩诗外传〉的黄老思想》一文中,也指出韩婴"在采用黄老观点时,往往与儒家思想相发明,以黄老来说明儒家,其基本立场仍是儒家的。这种情况是汉初与民休息的政治方略的理论需要,也是中国文化史上儒道互绌互补的又一例证"②。王占山《从〈韩诗外传〉看西汉前期儒家思想的变化》中也认为从《韩诗外传》中体现了西汉初期儒家思想的变化,融汇了其他学派的观点学说,调和了儒家内部的争论,是服务为了大一统的政治需求的。③ 这种从时代背景和秦汉学术思想整体入手的研究韩诗的角度,有裨于全面认识韩诗的学术特色,及其在秦汉思想史上的学术地位。

但《韩诗外传》不仅存在孟荀与黄老家的相关材料与思想,《庄子》《韩非子》《吕氏春秋》《晏子春秋》《老子》《易》与《春秋》三传的材料都有涉及,出于编订的原因,《韩诗外传》和刘向的《说苑》《新序》《列女传》也有不少材料重合。

诸子引《诗》的情况比较复杂,方式多样,目的也不尽相同。如《墨子》只引雅颂不引风,引逸诗多,《庄子》唯一的引《诗》也是逸诗且至今仍有争议,《韩非子》引《诗》五次三篇,均来自小雅,以说理为主。《晏子春秋》引《诗》二十四次十八篇,涉及《诗经》十七个篇章,其中风五次四篇,大雅九次九篇,小雅八次四篇,颂诗一次一篇,逸诗一次。《吕氏春秋》引《诗》二十次十六篇,其中风五次五篇,大雅七次五篇,小雅四次三篇,逸诗四次。《吕氏春秋》引诗文字与四家诗传本有所差异,但与战国其他文献引《诗》出入不大,既品评人物、阐发义理,也参证史事。到了汉代,《新语》《新书》《春秋繁露》《盐铁论》等都有用诗现象,以雅最多,风次之,颂最少。另

---

① 金春峰:《汉代思想史》,北京:中国社会科学出版社,1987年,第106—111页。
② 李知恕:《论〈韩诗外传〉的黄老思想》,《社会科学研究》,2002年第2期
③ 王占山:《从〈韩诗外传〉看西汉前期儒家思想的变化》,《齐鲁学刊》,1990年第6期。

《新语》引逸诗一次、《春秋繁露》引逸诗两次。先秦两汉的诸子引《诗》既有与《诗》本义相关也有引申,且以说理居多,或美刺或议论,与现实需求不无联系。

《韩诗外传》除大量引《诗》以及与孟荀引用同样的诗句之外,七引《易》、两引《书》、两引《左传》、两引《公羊》、两引《穀梁》、五引《论语》,《礼记》则两引《檀弓》、两引《学记》、一引《孔子闲居》,《大戴礼记》则一引《本命篇》、一引《礼察篇》。可见《韩诗外传》思想的多样性。

《新序》现存八十三篇,其中四十一篇本于《韩诗外传》。《说苑》现存二十卷七百余条,有七十六篇本于《韩诗外传》,《列女传》更是与《韩诗外传》使用了相同的十二则故事,文字有少许出入,但大致内容是相同的。如卷三章三十到三十二,三章皆用"汤降不迟,圣敬日跻",韩婴借此诗言志,说的是礼祀相关事宜,讲的是遵循规矩。《说苑·敬慎》中也有相同诗句,说的是为政者应该谨小慎微,谦受益满招损。二者还同时引《易》"谦,亨,君子有终,吉"。相同中仍旧存在着不同的侧重点。《新序》有七篇、《说苑》有十二篇故事在主题立意上与原故事存在一定差异,改动中体现的是刘向个人的思想倾向。本章计划通过比较《韩诗外传》与刘向著作中相同的内容,讨论韩婴与刘向的学术取向异同,以及刘向是否对韩诗有所吸纳、传承。同时,《淮南子》中也有一些与《韩诗外传》相同的记载,如楚樊姬事等,可为旁证。

虽然内传与外传关系的考辨复杂,并且难有定论,但从目前的材料中,至少我们可以看出,外传作为韩诗学派的一部分,也代表了韩婴的诗学观点及治《诗》态度,是韩婴学术风格的表现。韩婴在申发《诗经》微言大义的同时,引入史事与《诗》互证,并"采杂"诸家,形成韩婴个人的学术特色,注重教化,以所需兼容各家,同时具有一定的现实政治观照。以史事引《诗》用《诗》、说《诗》解《诗》,而不完全从属于《诗》,在思想上一则接近早期儒家,二则兼收并蓄先秦两汉诸家,形成了韩婴的个人学术。研究韩婴学术特色与目标,研究他独特的说《诗》方式和吸收多家的思想观念,不仅有利于明确韩婴及其学派在汉初政治环境下的处境与地位,也有助于理解汉初的经学思想史变迁。

二、研究内容与目标

总结前人研究内容,可以发现关于《韩诗外传》的体例、释义、《诗经》学比较以及经典文本对读,都有了丰富的研究成果。也有部分学者,开始重视《韩诗外传》之于儒家理论发展的意义。但是较少有人将韩婴及《韩诗外传》置于西汉初年的历史条件中,针对韩婴身处的政治环境、韩婴的学术取向,结合汉初历史,作一整体分析。

因此,笔者计划通过分析《韩诗外传》的文本,深入探索其微言大义之处。兼联系先秦两汉其他经典著作,在秦汉时段的历史时空性视野下,用动态的思想史视角,全面探究《韩诗外传》与韩婴的思想脉络、学术特色,及其为了在西汉初年为儒学谋求一席之地所付出的努力,对继承春秋战国的儒家学术所作出的调整与补充。

(一) 研究方向与突破

韩婴适应了西汉初年主弱从强的政治环境,为儒学与黄老道家的竞争寻找一个合适的突破口,使之与政权相结合,从而争得一席之地。韩婴最关键的切入点,当属针对汉初首要矛盾——中央皇权与地方诸侯王,君权与累历数朝的军功权臣之间的矛盾。为了缓解这一矛盾,韩婴断章取义、引经据典、旁征博引,以《春秋》大义为指导,针对君臣之道,提出了许多建设性意见。这些意见并非华而不实的夸夸其谈,在汉初部分已被付诸实践,部分被证明具有一定的前瞻性。韩婴反对激烈的斗争,希望能缓冲矛盾,待中央王朝积攒力量、水到渠成之时毕其功于一役。韩婴的指导性思想中的典型概念,在《韩诗外传》中最突出地表现为"礼""孝"二义。

　　关于韩婴的"礼""法",学术界有部分观点认为是延续了孟子的"性善论",并在治国安邦上更倾向于荀子的性恶论、学习观、等级观之下的礼法。但韩婴将"礼"这一概念引入自己的学说时,相较于孟荀,都进行了一定符合自我需求的修正,因此这种"礼"之外,汉代重视的"孝"也就成了韩婴的一大命题,但"礼"的内涵也同孝一样,包含着个人行为规范的含义。这跟韩婴所处的时代背景是相关的,但从中反溯其思想来源,可以见到儒家早期到分派过渡阶段的影子。

　　如《韩诗外传》曰:"不仁之至忽其亲,不忠之至倍其君,不信之至欺其友。此三者,圣王之所杀而不赦也。《诗》曰:'人而无礼,不死何为!'"①又有"王子比干杀身以成其忠,柳下惠杀身以成其信,伯夷、叔齐杀身以成其廉"②。这些忠信的要求,明显是对个人道德的规范,"人而无礼"多数版本作"礼",但也有如济南薛来芙蓉泉书屋本作"仪",可为一证。

　　又如,"荆伐陈,陈西门坏,因其降民使修之,孔子过而不式。子贡执辔而问曰:'礼,过三人则下,二人则式。今陈之修门者众矣,夫子不为式,何也?'孔子曰:'国亡而弗知,不智也;知而不争,非忠也;亡而不死,非勇也。修门者虽众,不能行一于此,吾故弗式也。'《诗》曰:'忧心悄悄,愠于群小。小人成群,何足礼哉。'"③该条中,"礼"更是典型的个人行为规范,荀子中也用"小人成群"解释"群小",其意同此。小人与君子的差别,就在于是否有"礼"。《庄子·天下》有"以仁为恩,以义为理,以礼为行,以乐为和,熏然慈仁,谓之君子"④的说法,同样表达的是这一理念。

① 许维遹:《韩诗外传集释》卷一,第 8 页。
② 同上书,第 9 页。
③ 同上书,第 14 页。
④ 郭庆藩撰,王孝渔点校:《庄子集释》,北京:中华书局,1985 年,第 1066 页。

《韩诗外传》中对"礼"的要求，也有一定的特殊性。韩婴描述下的礼，更多的是一种个人情感需求，是一种感性的表达。这种将"礼"倾向定义于个体而非直接等价于群体规范、社会秩序、单纯的道德规范或是仁爱之心的论调，与孔子的事天地、荀子的等级秩序或者孟子的仁爱之道都有一定区别。

就早期儒家而言，孔子心目中的"礼"，一方面是爱人以调和社会的工具，如《孔子家语》中"古之为政，爱人为大；所以治爱人，礼为大；所以治礼，敬为大；敬之至矣，大昏为大。大昏至矣！大昏既至，冕而亲迎，亲之也。亲之也者，亲之也"。又："内以治宗庙之礼，足以配天地之神明；出以治直言之礼，足以立上下之敬。物耻足以振之，国耻足以兴之。为政先礼。礼，其政之本与。"①另一方面，这种工具的表现形式，便是各种仪式，如子曰："生，事之以礼；死，葬之以礼，祭之以礼。"这些形式间的严格区分不可错乱，八佾之典即可为证，孔子重视这种礼节区分，"尔爱其羊，我爱其礼"，以及它带来的稳定社会的作用。孔子曰："丘闻之，民之所以生者，礼为大，非礼则无以节事天地之神焉；非礼则无以辩君臣上下长幼之位焉；非礼则无以别男女父子兄弟婚姻亲族疏数之交焉；是故君子此之为尊敬，然后以其所能教顺百姓，不废其会节。"②《论语·八佾》中有"事君尽礼，人以为谄也"的说法，足见孔子所推崇的仪式之隆重。

儒家的传统"礼"中，也包含着对个人行为规范的要求。"恭而无礼则劳；慎而无礼则葸；勇而无礼则乱；直而无礼则绞。君子笃于亲，则民兴于仁。故旧不遗，则民不偷。"③这种以身示范的作用，无疑是通过个人道德行径来实现的。"人而不仁，如礼何？人

① 陈士珂：《孔子家语疏证》，《大昏解》第四，《丛书集成初编》，北京：商务印书馆，1991年，第14页。
② 陈士珂：《孔子家语疏证》，《问礼》第六，第25页。
③ 刘宝楠撰，高流水点校：《论语正义》，《泰伯》第八，北京：中华书局，1980年，第290页。

而不仁,如乐何?"①礼乐教化,都是以"仁"之行为为基础的。

这种本身便包含多重含义的"礼"在孔门弟子中逐渐分化,七十二子时代,郭店儒简有"五行"——仁、义、礼、智、圣,"六德"——圣、智、仁、义、忠、信,"上博简"有"五德"——宽、恭、惠、仁、敬。这些都是对个人道德的要求,不过是定义出现了分歧。到了孟荀时期,又产生了进一步分化,蔡仁厚总结为:"孟子敦《诗》《书》而立性善,正是向深处悟,向高处提;荀子隆礼义而杀《诗》《书》,则是向广处转,向外面推。一在内圣,一在外王。"②

放眼"礼"之流变,《韩诗外传》所传达的理念,应当是从儒家思想链条的早期阶段分化出来的。《韩诗外传》中"礼"之概念,相较于孟子或荀子各执一词且定义较为单一的仁德或等级,它来源于儒学尚未完成分化,仍处于承上启下的演变阶段。

同时,郭店简中多处强调德礼治国的重要性,注重的是君主个人的德性素养与身教,追求典范政治。而《韩诗外传》中也有如"上不知顺孝,则民不知反本"之说,同样是强调为君者的垂范作用,从中也可以窥见,《韩诗外传》的思想风范,应该更倾向于早期儒家向战国儒家分化发展的过渡时期。

《韩诗外传》对于"孝"则更为推崇。前文已经提到,《韩诗外传》在个人行为规范,也就是士节上,有着明确的要求,如"仁、忠、信"。"孝"未并列其中,但这并不影响《韩诗外传》对"孝"的重视。

如开篇第一则。"曾子仕于莒,得粟三秉。方是之时,曾子重其禄而轻其身。亲没之后,齐迎以相,楚迎以令尹,晋迎以上卿。方是之时,曾子重其身而轻其禄。怀其宝而迷其国者,不可与语仁。窭其身而约其亲者,不可与语孝。任重道远者,不择地而息。

---

① 刘宝楠撰,高流水点校:《论语正义》,《八佾》第三,第81页。
② 蔡仁厚:《孔孟荀哲学》,台北:台湾学生书局,1984年,第456页。

家贫亲老者,不择官而仕。故君子桥褐趋时,当务为急。传云:不逢时而仕,任事而敦其虑,为之使而不入其谋,贫焉故也。《诗》云:'夙夜在公,实命不同。'"①

又如卷六田常事。"田常弑简公,乃盟于国人,曰:'不盟者,死及家。'石他曰:'古之事君者,死其君之事。舍君以全亲,非忠也;舍亲以死君之事,非孝也;他则不能。然不盟,是杀吾亲也,从人而盟,是背吾君也。呜呼!生乱世,不得正行;劫乎暴人,不得全义,悲夫!'乃进盟,以免父母;退伏剑,以死其君。闻之者曰:'君子哉!安之命矣!'《诗》曰:'人亦有言,进退维谷。'石先生之谓也。"②

这两例都是当忠孝不能两全之时,君子如何权衡的故事,可见《韩诗外传》对于孝之一道的重视,不仅可与忠相提并论,更可在适当时机舍忠而取孝。特别是开卷第一则即为曾子事,足以见"孝"之地位。

《论语·学而》章二,有子曰:"其为人也孝弟,而好犯上者,鲜矣;不好犯上,而好作乱者,未之有也。君子务本,本立而道生。孝弟也者,其为仁之本与!"③即主张为人者先尽孝悌以务本,方能为仁,方能治世。

《孔子家语》中,曾子向孔子请教七教,"孔子曰:上敬老则下益孝,上尊齿则下益悌,上乐施则下益宽,上亲贤则下择友,上好德则下不隐,上恶贪则下耻争,上廉让则下耻节,此之谓七教。七教者,治民之本也。政教定,则本正也。凡上者,民之表也,表正则何物不正?是故人君先立仁于己,然后大夫忠而士信,民敦俗璞,男悫而女贞。六者,教之致也。布诸天下四方而不怨,纳诸寻常之室而不塞。等之以礼,立之以义,行之以顺,则民之弃恶如汤之灌雪

---

① 许维遹:《韩诗外传集释》卷一,第1页。
② 许维遹:《韩诗外传集释》卷六,第216页。
③ 刘宝楠撰,高流水点校:《论语正义》,《学而》第一,第5页。

焉"。① 在这种上身行、下效仿的政教中,敬老同样被放在了第一位。可见,韩婴"孝"的思想来源,仍然追寻着早期儒家思想的脉络。

但这种孝也是有条件的。如卷一楚白公事。"楚白公之难,有仕之善者,辞其母,将死君。其母曰:'弃母而死君,可乎?'曰:'闻事君者,内其禄而外其身。今之所以养母者,君之禄也,请往死之。'比至朝,三废车中。其仆曰:'子惧,何不反也?'曰:'惧,吾私也,死君,吾公也。吾闻君子不以私害公。'遂死之。君子闻之曰:'好义哉! 必济矣夫!'《诗》云:'深则厉,浅则揭。'此之谓也。"②忠孝冲突下的难题,与孟子舍生取义的困境相类,但韩婴为之提出了更行之有效的处理方法。

因此,从"孝"的角度来看,《韩诗外传》在趋近早期儒家理念的同时,并没有完全离开战国儒家,这一点既能说明韩婴杂取诸家学说为己用,也从另一个侧面说明了韩婴为了解析汉初问题,而选择性地发扬儒家思想时,将眼光放诸早期儒家,发挥权变之用。

《韩诗外传》在个人行为规范上的要求特点是明确而细致的,孝更是其中的重点。开篇第一则是曾子的孝义,可见重视。《韩诗外传》主张在忠孝不能两全之时,孝的意义不仅可与忠相提并论,更可在适当时机舍忠而取孝。但同时,孝是有条件、需要尽心的,与"礼"所包含的情感要求,二者相合,共同构成了韩婴思想的理论基础。

《韩诗外传》中体现的韩婴个人思想特征复杂,除孟荀之外,更接近于春秋时代早期儒家的观念,包含了一定的战国儒家的雏形,与七十二子学说近似,也与孟荀有异曲同工乃至同文之处,吸收了不少黄老道家、法家、阴阳家等学说。

---

① 陈士珂:《孔子家语疏证》,《王言解》第三,第 12 页。
② 许维遹:《韩诗外传集释》卷一,第 23 页。

　　除了对儒家传统的选择性吸收之外,这种《韩诗外传》中思想的杂糅性,与韩婴个人的学术见地以及丰富的材料来源也有一定关系。

　　《韩诗外传》尽管名义上依附于《诗经》,但它使用的材料来源丰富,自有取舍,其中《荀子》最为常见,《庄子》《韩非子》《吕氏春秋》以及《晏子春秋》《老子》《孟子》也曾出现。《韩诗外传》中也有《易》相关文本共计八则,如卷三"周公践天子之位七年"条等,《汉书·儒林传》也说韩氏《诗》不如《易》。道德论证虽为《韩诗外传》的主要基调,但其中的趣闻轶事,历史故事或寓言材料多有所本,也有见于刘向所编《说苑》《新序》《列女传》以及赵晔撰《吴越春秋》。同时,《韩诗外传》引用不拘一格,不囿于家学派别之分,连对汉代争执不休的《春秋》三传,也一视同仁。卷三"楚庄王寝疾""传曰:宋大水"见《左传》,卷二"楚庄王围宋""楚庄王伐郑"两则见《公羊》卷八"一谷不升谓之歉""梁山崩"见《穀梁》。能够在西汉时期罔顾三传相争而择其所可用者,应当归功于韩婴个人的学识与胸怀。

　　又如韩婴提倡劝学,这是与荀子、孟子相近的,在人性论上却介于两者之间。但《韩诗外传》也不仅只与孔孟荀有共通之处,与其他诸子,《韩诗外传》也有一定的共通性。而在损益、穷通、慎始有终、反求诸己等思想上与《易》也相合。

　　同时,前文提及的《韩诗外传》卷帙编订的变动与解说方式体例的特点,也可能是其思想内涵多样的原因之一。

　　《汉书·艺文志》列举了《韩外传》六卷及《韩内传》四卷,但到了《隋书·经籍志》时《韩内传》已经消失,仅剩唐代的注家引用了属于《韩诗内传》的几条语录。《韩外传》在《隋书·经籍志》《旧唐书·经籍志》《新唐书·艺文志》《宋史·艺文志》中都列为十卷。凡是现行的版本都含有十卷。因此,杨树达在《汉书补注补正》中提出《韩外传》与《韩内传》两书被结合于《韩诗外传》一名之下,他认为两者资料性质没有差异，也都不是阐发性的著作。但是，在唐代各种类书以及经史注疏中引用的《韩诗外传》文句有不少不见于传世通行本中。宋代类书《太平御览》引自该书有一百五十七处，其中有二十三条为今本所无。① 沈家本认为《韩故》盖为"韩氏自为本经训故之体"，故而"疑隋、唐《志》之《韩诗》者，《韩故》也"②；杨树达推断《汉书·王吉传》记载的王吉上疏昌邑王所引"说曰"殆即《韩说》之"遗文之仅存者矣"。

《韩诗外传》和《礼记》用《诗》的整体结构明显类似，都是在一段故事或者议论之后附上一段《诗经》中的诗句，点明了叙述的意图和叙述中所含之理。《礼记》引《诗》并不一定完全遵照诗句本义，更贴合本身的论述内容。《韩诗外传》除了明显的阐述《诗》义，也有部分这种类型的用诗。如卷四章二十四，说"如蛮如髦，我是用忧"。此句出自《小雅·角弓》，原本是讽刺小人当政的危险性，《韩诗外传》前文讲述的是君主的仁、义、理，以及如何统治百姓。这层意思与《角弓》同样是劝诫君主的行为，但具体内容上还是有所差异的，可以理解为是韩婴的发挥。而前文韩婴所说的"爱由情出谓之仁，节爱理宜谓之义，致爱恭谨谓之礼"，与《礼记》所说的"私惠不归德"，"君子能好其正，小人毒其正"在道德情怀上具有相似的理念。在《韩诗外传》这种仁的观念下，又说"人而不仁，如礼何？"与《孔子家语》中"仁人不过乎物"，"所以治爱人，礼为大；所以治礼，敬为大"中所倡导的仁爱礼义观是类似的。

《韩诗外传》卷九章十五及卷七章二十五与《孔子家语·致思》篇中都有孔子与子路、子贡、颜回的对话，《韩诗外传》用此说"雨雪麃麃，曣晛聿消"，三段文本差别不大，均对颜渊"相明主圣王"治理一方的愿望给予了高度赞扬。可见《韩诗外传》和《孔子家语》在思

① 杨树达：《汉书补注补正》，徐蜀编：《两汉书订补文献汇编》二，北京：北京图书馆出版社，2004 年。
② 见屈守元：《韩诗外传笺疏》，成都：巴蜀书社，1996 年，第 1021 页。

想上是有一定相通之处的。但《韩诗外传》中孔子直言颜渊是"圣者"，《孔子家语》事类此，却并没有出现如此高的评价，更可见《韩诗外传》对颜渊的推崇。

说《诗》的形式本身已是断章取义，而这种杂取诸家，也很可能扩展了《韩诗外传》的思想内容。《韩诗外传》被批判带有今文经学"恶习"之"碎义逃难，便辞巧说，破坏形体"与此也不无干系。

目前的体例与内容研究就兼有内外传还是仅有其一尚存在争议。然而早期与晚期儒家思想并举、各家思想兼收并蓄的特色，是否同内外传合订或者内容遗失错乱有关，虽不可定论，但此等变动本身，依旧不失为体现韩婴及其学派思想特征的一种可能性。

故而，本书意在结合汉初政治环境，探讨韩婴及韩诗学派思想的包容性与针对性。韩婴在论君臣之道上有的立足点儒家特征明显，但其政治方略也包含着汉初黄老道家、法家、阴阳家等多方面的思想特征。从儒家出发，又以黄老、法家等来反馈宣传儒家，同时兼有诸子学问，这种情况是其儒道兼用、诸家交融的个人特色，也是汉初中央皇权的政治需要。

（二）研究创新性

西汉初年，地方诸侯王强势，天长日久的斗争中，中央皇权力不从心。文景二帝坚持不懈地努力削弱地方王侯，加强中央集权，韩婴的儒学也本着同一目标而努力。为了达成强干弱枝，维护大一统的中央集权的目的，韩婴用"礼"和"孝"，传达春秋之义，兼容百家之学，指导君臣之道，打造了个人的柔性儒术。这种学术方法，是两汉今文经学的缩影，他在秦汉学术思想发展史上，贡献了精彩而独特的一环。

故本书的创新之一在于，从横向上重视汉初的整体学术状体，将《韩诗外传》与同时期的其他学派学术进行对比，从而深入发掘韩婴如何利用其改造儒术，创立个人独特的思想体系。这种通经致用的学术风格,也正是今文经学的一大重要特征。

同时,本书的另一创新点在于,从纵向上考察了秦末至汉初的整体历史环境,将《韩诗外传》放回其产生、流传的原始背景中进行动态分析,明确《韩诗外传》的矛头所向,辨析其中的政治针对性与应变力。这一以学干政的目的,同样也是今文经学风格的显著亮点。

因此,本书旨在分析韩婴这种兼容并包,以丰富学术旨趣、彰显政治目的,强化自身学术与政治地位的手段,更为全面地看待汉初儒学特征,更深入地辨析两汉今文经学长盛不衰的诱因与动力,探究这种学术方法如何影响了整个中国古代经学学统及其与政治现实的互动关系。

第二章 《韩诗外传》中恪守 本分的为臣之道

"天生民而立之君,使司牧之,勿使失性。"①在儒家眼中,君主的责任是管理万民,因此,儒生一向强调"君君、臣臣、父父、子子"②的相互关系,致力于建立等级森严、尊卑分明的政治秩序。"君民者,治民复礼"③;"君使臣以礼,臣事君以忠"④,这种根植于春秋战国后逐渐礼崩乐坏的政治局面而提出的政治要求与社会理想,与儒家经典的"仁""义""忠""孝"等理念相表里⑤,贯穿于儒家学术的血脉之中,自春秋至秦汉,绵延不绝。

结束了春秋战国的诸侯纷争,大一统的秦汉王朝作为中国传统政治结构的开端时代,开启了与以往截然不同、此消彼长的君臣博弈。这种维系数千年的矛盾一直贯穿于儒家学术

---

① 《左传·襄公十四年》。杨伯峻:《春秋左传注》,北京:中华书局,1990 年,第 1016 页。
② 刘宝楠撰,高流水点校:《论语正义》卷十二《颜渊》,北京:中华书局,1990 年,第 499 页。
③ 荆门市博物馆:《郭店楚墓竹简》,北京:文物出版社,1998 年,第 174 页。
④ 《论语正义》卷四《八佾》,第 115 页。
⑤ "儒家思想强调的君君、臣臣、父父、子子,并不是对君权的推崇,而是针对当时礼崩乐坏的时代,希望建立一种井然有序的等级秩序的主张。这与儒家所强调社会应遵守'仁义、忠孝'的道德秩序是一致的。可以这样说,先秦思想家的思想,既为后世皇权的尊崇奠定了基础,也为后世人臣限制皇权提供了理论武器。"王瑞来:《皇权再论》,《史学集刊》,2010 年 1 月。

传统中①。在儒家这种政治等级严明的视野下，儒生以所承学术为根基，或著书或立说，因势利导，借其学术传达政治立场，对君主权威或君臣权位的定义与划分自然也随之不断完善。

秦王一扫六合，残余的各国君卿及其后人之势力，皆尚未从纷飞数十年的战火中恢复。中央皇权强盛无匹，功臣勋贵无人可撄始皇之锋，始皇不必以封土犒赏拉拢。严刑峻法的秦代强势地处置了各诸侯国君卿及其后人，以永绝后患。② 秦始皇又以郡县制之利，一边强势地将治权集中在中央，一边在宗法礼乐笼罩下，使权力在血缘家族中的传承，融化于摆脱了世卿世禄制的官吏选任架构中。秦朝官员调任时甚至不得携带随员，以彻底告别封土建国时代的政治体制，扭转君臣关系以血缘建构、君臣尊卑事实上等价于父子亲缘、君主之父兄亲属极易威胁中央王权的局面，树立了君王个人的绝对权威。正如卜宪群所言，秦以"不世官"的政治制度打破宗法血缘③，这一全新的政治系统完美地解决了春秋战国可能遗留下的地方不耐于臣属中央、卿大夫跃跃欲试挑战君主之权的历史问题。无论是陈涉、吴广大泽乡揭竿而起，或者芒砀山斩蛇而兴，都是以"吏"的身份，以黎元黔首的个人行为，对抗中央与君主之权。此时的政治舞台，只有强盛的中央，顺服的臣子，法、术、势作用下的政治结构，以及几近彻底失去政治地位的儒生。

而汉朝建立之初，刘邦虽力图保留郡县与吏的传统，然则其时

---

① "从先秦思想史看，至少如下一些问题，都可以算为政治哲学。如：天人关系；人性论；中庸、中和思想；势不两立说；物极必反说；理、必、然、数、道等等必然性理论；历史观；圣贤观等等。这些问题与政治思想有极为密切的关系，其中一些问题是政治思想的理论基础。"刘泽华、张分田等：《思想的门径：中国政治思想史研究方法论》，天津：天津古籍出版社，2006年，第15页。
② "盖秦既并六国，统一中华，其统治之强为前此所未有，故得不遵旧制，不予降附者以裂土为王之优待，即功臣勋旧，亦仅侯而不王，而至于子弟亲属更无尺土之封。"严耕望：《中国地方行政制度史——秦汉地方行政制度》，上海：上海古籍出版社，2012年，第10页。
③ 卜宪群：《周代职官制度与秦汉官僚制度的形成》，《南都学坛》，2000年第1期。

各方都怀疑,秦二世而亡乃出于未封诸侯使得中央丧失民心、孤立无援,连贾谊都认为秦二世之过,有未曾"裂地分民以封功臣之后,建国立君以礼天下"之罪。至东汉班固时,总结汉初政治,也提出了"海内晏如,亡狂狡之忧,卒折诸吕之难,成太宗之业者,亦赖之于诸侯也"[①]的观点,可见分封观念的影响力深远。

咸阳火尽、乱世初定,"作业剧而财匮,自天子不能具钧驷,而将相或乘牛车,齐民无藏盖"。汉朝的中央王室甚至已无力抚恤百姓、恢复经济,封设地方诸侯王,令"郡国诸侯各务自拊循其民"[②],能够一定程度上缓解中央的经济压力。加之反秦立汉的过程中,权臣、豪强或占据要地,或握以权柄,皆实力雄厚,难以甘为臣属,而身为帝王的刘邦实力又相对孱弱,不足以凭"诸子功臣以公赋税重赏赐之"[③]来稳定功臣之心,不得已"有功者辄裂地而封为王侯"[④],延续了这种传统。于是异姓功臣"徼一时权变,以诈力成功,遭汉初定,故得列地,南面称孤"[⑤],一时"封建"复兴[⑥]。

汉初受封者群雄并起,基本以军功者为主,"复故爵田宅令"不仅恢复了部分旧有的地方势力,也扶植了一批新的军功地主,这些军功地主进而构成了刘邦政权的中流砥柱。[⑦] 二十等军功爵制一边巩固着最初的汉朝政权,也为中央皇权迭代后的局势失衡,埋下

---

① 班固:《汉书》卷十四《诸侯王表》序,北京:中华书局,1964年,第394—395页。
② 司马迁:《史记》卷三十《吴王濞列传》,北京:中华书局,1959年,第1417页。
③ 《史记》卷六《秦始皇本纪》,第239页。
④ 《史记》卷八《高祖本纪》,第379页。
⑤ 《史记》卷九十三《韩信卢绾列传》,第2642页。
⑥ 孙家洲将汉初"复封建"的原因归结为:逆反下坚持革秦之弊必行封建的社会思潮。传统下六国贵族复立社稷的努力、现实中军事实力派裂土称王的刻意追求。参见孙家洲《楚汉"复封建"述论》,载《贵州社会科学》,1996年第6期。
⑦ 林剑鸣:《秦汉史》,上海:上海人民出版社,2003年,第251页。李开元也曾统计过汉初中央与地方的军功集团比例,认为追随刘邦起兵反秦的功臣与后来参与刘邦反秦的地方割据势力分别构成了中央与地方军功集团的主要成分。参见李开元《汉帝国的建立与刘邦集团——军功受益阶层研究》,北京:生活·读书·新知三联书店,2000年。

了伏笔。① 因此,这种权臣的威胁在汉代皇室心中根深蒂固,直到陈平等重臣兵变,诛诸吕,迎立文帝时,文帝心腹张武等仍旧认为,"汉大臣皆故高帝时大将,习兵,多谋诈"②,不可相信。文帝深以为然,入长安城前,将所部驻扎于外,令宋昌先行一步,至城中静观其变。《孝文本纪》载文帝"夕入未央宫",便连夜任命亲信张武、宋昌分别为卫将军与郎中令,前者镇抚军队,后者首位殿前;并即刻颁布诏书,"闲者诸吕用事擅权,谋为大逆,欲以危刘氏宗庙,赖将相列侯宗室大臣诛之"。文帝坦承从将相、列侯、宗室的选择中受益,这既是客观陈述其功绩,也是倾诉个人对其之仰赖,示弱、示好的橄榄枝未尝不是文帝的缓兵之策。加之黄夜任命股肱心膂以策完全,文帝对外朝势力的忌惮与无力可见一斑。

刘邦即使在诛灭异姓王之后,仍然分封了同姓诸王。白马之盟中"非刘氏而王者,天下共击之,若无功,上所不置而侯者,天下共诛之"的约定③,纵然表明了诸侯王的合法性来源于中央皇权,但"使黄河如带,泰山若厉,国以永存,爰及苗裔"④的誓言,同样也限制了中央君主对诸侯王的约束力。尽管在汉初的政权结构中,诸侯王长期居于"外层"结构⑤,但诸侯王世袭罔替,与中央皇权同呼吸共命运,渐渐"藩国大者夸州兼郡,连城数十,宫室百官同制京师"⑥。到文帝时期,各诸侯王的总领土与人口,已超过整个汉朝幅员、人口之半⑦,

① 张鹤泉:《〈二年律令〉所见二十等爵对西汉初年国家统治秩序的影响》,《吉林师范大学学报》(人文社会科学版),2005年第3期。朱绍侯:《从〈二年律令〉看汉初二十级军功爵的价值——〈二年律令〉与军功爵制研究之四》,《河南大学学报》(社会科学版),2003年第2期。
② 《史记》卷十《孝文本纪》,第413页。
③ 《史记》卷十七《汉兴以来诸侯王年表》序,第801页。
④ 《汉书》卷十六《高惠高后文功臣表》,第527页。
⑤ 阿部幸信:《西汉时期内外观的变迁:印制的视角》,《浙江学刊》,2014年第3期
⑥ 《汉书》卷十四《诸侯王表》,第394页。
⑦ 详细统计参见唐燮军、翁公羽:《从分治到集权:西汉的王国问题及其解决》,杭州:浙江大学出版社,2012年。

诸如"齐临菑十万户,市租千金,人众殷富,巨于长安"①之类,不胜枚举。诸侯王"擅爵人,赦死罪,甚者或戴黄屋。汉法非立,汉令非行也"②。无论是经济实力,还是政治野心,诸侯王皆与中央皇室平分秋色,乃至诸侯王跃跃欲试,意在僭越,皇权虽未完全式微,也已被限制于宫廷之内③,从而形成了汉朝初年独有的政治环境。

汉初,君王多采黄老刑名之术,"治道贵清静而民自定"④,轻徭薄赋、招抚流亡、与民休息。君王们更倾向于相信,"无为而治"一则可尽快恢复生息,二则亦可尽量保持中央与"外托为君臣,实为敌国"⑤的地方诸侯国相安无事。然而秦火之余,重获新生的儒生需要面对汉代初期的政治困境,绝不仅限于此,《挟书律》和《妖言令》的禁锢犹在。这样的局面,儒生并无多少用武之地。西汉初年,儒生曾短暂地取得了少许政治地位,"高祖时一时得势,终被排除"⑥。"孝文帝本好刑名之言。及至孝景,不任儒者,而窦太后又好黄老之术,故诸博士具官待问,未有进者。"⑦只有获得帝王的信任,儒家学术才能在中央站稳脚跟,而只有善为帝王所用,才能换取帝王的青睐。一门学术只有寄生于有统治力的政权,才有生命力。为了尽可能地争取政治舞台,赢得足以安身立命的信赖,汉初儒生一直致力于重树中央强力皇权的绝对核心地位。妥善处理帝王所面临的僵局,自然不失为一剂双赢的强心剂。因此消除地方对中央、臣子对帝皇的潜在威胁,势在必行。自西汉初年始,儒生们为之前仆后继,叔孙通、袁盎、贾谊、晁错等名士,无不针砭时弊,

---

① 《汉书》卷三十八《高五王传》,第 2000 页。
② 贾谊著,阎振益、钟夏校注:《新书》,北京:中华书局,2000 年,第 120 页。
③ 阎步克认为,汉初皇权、政府、诸侯王三权分立,政治机构又被军功地主所垄断,皇权被迫退限制于汉朝宫廷内。详见阎步克:《士大夫政治演生史稿》,北京:北京大学出版社,2003 年,第 279 页。
④ 《史记》卷五十四《曹相国世家》,第 2029 页。
⑤ 钱穆:《秦汉史》,北京:生活·读书·新知三联书店,2004 年,第 257 页。
⑥ 杨向奎:《西汉经学与政治》,上海:独立出版社,1945 年,第 39 页。
⑦ 《史记》卷一百二十一《儒林列传》,第 3117 页。

从不同角度、以多种措施，重新规划汉朝政治蓝图，从而最终实现儒家学术与汉代政治的融合与共存。① 这种尝试功成于董仲舒与武帝的同符合契，元封年间，汉武帝完成了变革祖宗之法的使命，②从此儒学成为汉代官方学术。综观两汉，政局每每动荡变迁，也多与儒学、儒生结合紧密，难以割裂。

韩婴作为汉初大儒，同样为之付出了不懈努力，其立场与举措，从承载其与其学派主要学说的《韩诗外传》中可见一斑。韩婴在其中明确指出：君臣有分，位不同则道不同，理当各安其分，各行其道。臣子不可违逆、反叛、伤害君主；君也不可逼凌、欺辱臣子，或急于清除隐患。臣尊君、君爱臣，更能缓和矛盾，维系社会稳定。对于君臣关系中可能出现的矛盾，韩婴重视礼法在这对矛盾中的调和作用。汉帝为君，诸侯王为臣，名需符其实，名不可乱，分不可越，这是韩婴针对当时诸王悖逆不伦之行的明确表态。对于经历了诸吕之乱，且借势登上帝位的文帝来说，中央皇权与地方诸王的力量对比，相较于面对权臣的开国之君刘邦无法有明显起色。文帝登基之夜外松内紧的自保手段，奠定了文帝一朝对待诸侯王与皇室、地方与中央政治博弈的特征。所以，韩婴从未急于求成，而是徐徐图之。汉初叔孙通被司马迁褒奖为"汉家儒宗"，盛赞其善于变通，同为御前儒生，韩婴"见贤思齐"，向文帝提出了折中但依旧维护中央权益、合乎文帝性格也沿袭儒家一贯立场的处理办法，希望能缓解一触即发的政治矛盾。韩婴在文帝时被立为博士，景帝时才出任常山王太傅，为诸侯王师，足见其目的明确却风格温

---

① 　如陆威仪认为，秦汉之后，中国的政治和军事、文化、宗教仪式、血缘结构等都被重新定义，儒家既重塑了历史，也定义了当下。参见陆威仪《哈佛中国史之早期中华帝国：秦与汉》，北京：中信出版社，2016 年。又如陈苏镇将引入韦伯理论分析儒家政治文化，王子今所讨论的秦汉"社会意识"，都是将儒家学说置入所出社会环境与政治需求中探讨。陈苏镇：《〈春秋〉与"汉道"：两汉政治与政治文化研究》，北京：中华书局，2011 年。王子今：《秦汉社会意识研究》，北京：商务印书馆，2012 年。

② 　田余庆：《秦汉魏晋史探微（重订本）》，北京：中华书局，2004 年，第 32 页。

和、外柔内刚的学说在文帝时期至少已受到了中央皇权的认可,具有不菲的实用性。

一、《韩诗外传》以尊君为本的臣道

> 传曰:"雩而雨者,何也?"曰:"无何也,犹不雩而雨也。""星坠木鸣,国人皆恐,何也?""是天地之变,阴阳之化,物之罕至者也,怪之可也,畏之非也。夫日月之薄蚀,怪星之党见,风雨之不时,是无世而不尝有也,上明政平,是虽并至无伤也;上闇政险,是虽无一,无益也。夫万物之有灾,人妖最可畏也。"曰:"何谓人妖?"曰:"枯耕伤稼,枯耘伤岁,政险失民;田秽稼恶,籴贵民饥,道有死人;寇盗并起,上下乖离,邻人相暴,对门相盗,礼义不修;牛马相生,六畜作妖;臣下杀上,父子相疑,是谓人妖,是生于乱。"传曰:"天地之灾,隐而废也;万物之怪,书不说也。无用之变,不急之灾,弃而不治;若夫君臣之义,父子之亲,男女之别,切磋而不舍也。"《诗》曰:"如切如磋,如琢如磨。"①

阴阳变化,四时之数,化成万物,道以天地。"人物者,阴阳之化也。阴阳者,造乎天而成者也。"②《子夏易传》有言:"天地之道,阴阳之化常矣。圣人以是观其动静而行。"③阴阳构造了万物,儒家认为,天地万物运行有一定的规律,如果出现有悖常理的现象,则"天反时为灾,地反物为妖"④,妖者,灾也,怪异也,凶之先,祸之

---

① 韩婴撰,许维遹校释:《韩诗外传集释》卷二,北京:中华书局,2009 年,第 37—38 页。
② 高诱注,毕沅校正,余翔标点:《吕氏春秋》第二十卷《知分》,上海:上海古籍出版社,1996 年,第 368 页。
③ 《子夏易传》卷七。
④ 杨伯峻:《春秋左传注》,《宣公十五年》,北京:中华书局,1981 年,第 763 页。

先也①,自然令人惊奇,乃至畏惧。同天时地利一样,不求而雨、无风木鸣、流星、日食、月食、风雨不调,都属于异象,异象则隐喻着潜在的社会危机。"国家将兴,必有祯祥;国家将亡,必有妖孽。"②春秋战国时期,灾异总是同政治联系紧密的。如周幽王二年地震,伯阳父论证阴阳颠倒,周将亡矣。③ 韩婴所举"星坠"之例,是异象祸国中最典型的象征之一。僖公十六年,宋陨石五,同为今文经代表的《穀梁传》认为乃宋大不祥之兆。④ 尽管如此,如果出于"妖"状而悖乱之事骤生,却也只值得人们惊诧,而不必就此惊慌失措、望而生畏。如荀子也明确指出:"天地之变,阴阳之化,物之罕至者也;怪之可也;而畏之非也。"《韩诗外传》中此段与《荀子》所载,只有个别文字有所差异,可见,韩婴无疑是赞同这种观点的。但韩婴同时也进一步说明,这种连锁反应并不是一发而不可收拾的。韩婴将无须惶恐不安的原因,阐释为执政者英明,政局平稳安定。如果"上明政平",纵使出现灾异之象,譬如不求雨却甘霖普降、日星移位、天象不安也会有惊无险,均无须谈虎色变。相反,若"上闇政险",执政者昏庸,政局混乱不堪,则即使社会中不出现异象,也无法从中获益。

韩婴认为,政局稳定的根基,不在天灾,而在人祸,是基于儒家政治伦理的发挥。这种传统尊卑有序的政治伦理秩序基础,是"普天之下,莫非王土;率土之滨,莫非王臣"的传统政治理念,"孔子尊

---

① 孔颖达疏"地反物为妖"曰:言其怪异为妖。"是何祥也"曰:凶之先见谓之妖。《春秋左传正义》,北京:中华书局,第 670 页,第 386 页。
② 朱熹:《四书章句集注》,《中庸章句》,北京:中华书局,1983 年,第 33 页。
③ 《国语·周语》:"幽王二年,西周三川皆震,伯阳父曰:周将亡矣。夫天地之气,不失其序;若过其序,民乱之也。阳伏而不能出,阴迫而不能蒸,于是有地震。"徐元诰撰,王树民、沈长云点校:《国语集解》,北京:中华书局,2002 年,第 26 页。
④ 详见"僖公十六年,陨石于宋,五"之注。刘向曰:"石,阴类也。五阳数也。象阴而阳行,将致坠落。"补曰,疏引《异义》载《穀梁》说云:"陨石于宋,五,象宋公德劣小学,阴类也。而欲行霸道,是阴而欲行阳也。其陨将拘执之象也。"钟文烝撰,骈宇骞、郝文慧点校:《春秋穀梁经传补注》,北京:中华书局,2012 年,第 301 页。

重君臣的名分，是尊重政治中应有此一种秩序的形式"①。父子、君臣、长幼之道是伦常之本，"故父在斯为子，君在斯谓之臣，居子与臣之节，所以尊君亲亲也。故学之为父子焉，学之为君臣焉，学之为长幼焉"②。恰如《礼记·坊记》："子曰：'天无二日，土无二王，家无二主，尊无二上，示民有君臣之别也。'《春秋》不称楚越之王丧，礼君不称天，大夫不称君，恐民之惑也。"故以《诗》中"相彼盍旦，尚犹患之"而批评之。③ 贾谊也有天至高无上，尊不可及，臣子不可僭越之论："故古者圣王制为列等，内有公卿大夫士，外有公侯伯子男，然后有官师小吏，施及庶人，等级分明，而天子加焉，故其尊不可及也。"④

　　既已言明君之尊贵，其臣民则自然不可忤逆。"万物之异象，为物之罕者"之"罕"，刘师培训为"荦"，"言此乃物之逆至者也"。⑤ "夫生法者，君也。守法者，臣也。"⑥臣民不法，则为反逆。"民反德为乱，乱则妖灾生"，儒家也一贯将天时反复无常，万物失其常性与臣民违背应当遵守的行事准则、等级秩序联系起来，认为悖逆之行是祸乱产生的根基。⑦ 韩婴延续了这种重视，在说明自然灾异不足为惧之后，韩婴亦明确指出，臣民之所逆的"人妖"才最令人胆

① 徐复观：《中国思想史论集续篇》，上海：上海书店出版社，2004年，第262页。
② 孙希旦著，沈啸寰、王星贤点校：《礼记集解》卷二十《文王世子》，北京：中华书局，1989年，第566页。
③ 《礼记·集解》卷五十《坊记》，第1283页(5)。
④ 贾谊撰，阎振益、钟夏校注：《新书校注》卷二《阶级》，北京：中华书局，2000年，第79—80页。
⑤ 《荀子·天论》："星队、木鸣，国人皆恐。曰：是何也。曰：无何也，是天地之变，阴阳之化，物之罕至者也。怪之可也；而畏之非也。夫日月之有食，风雨之不时，怪星之党见，是无世而不常有之。上明而政平，则是虽并世起，无伤也；上闇而政险，则是虽无一至者，无益也。夫星之队，木之鸣，是天地之变，阴阳之化，物之罕至者也；怪之可也；而畏之非也。"梁启雄：《荀子简释》，北京：中华书局，1983年，第227页。
⑥ 黎翔凤撰，梁运华整理：《管子校注》卷十五《任法》，北京：中华书局，2004年，第906页。
⑦ "天反时为灾，人反德为乱。隐公以让国为名而乃从事于争，此反德也。利将反而为害，亲将反而为贼，天之见戒深矣，而弗儆弗戒，以及于难。"高闶：《春秋集注》卷三。

战心惊,人之祸是不事耕耘、饿殍遍野、贼盗横行、礼崩乐坏;是父子之间丧失信任,是臣子犯上作乱,背弃、霸凌、杀害君主。韩婴在另一则讲述宋人杀害宋昭公,赵盾请晋灵公出兵相救的故事中,以赵盾之言"夫大者天地,其次君臣,所以为顺也。今杀其君,所以反天地逆人道也,天必加灾焉"①,再次阐明了臣民反叛、伤害君主,是威胁性最高的人之妖祸。

由上可知,韩婴认为,突如其来的灾象无伤大雅,但子敬父、臣尊君的守则,是绝不可逾越的铁律,一旦打破,就会引发社会动荡。"子不听父,弟不听兄,君令不行"②的后果,比出现虚无缥缈的怪星更为可怕,它是社会稳定发展严峻的隐患之一。儒家所重视的君臣之义、父子之亲、男女之别,是应当仔细琢磨、绝不可舍弃的。如荀子认为,人臣的本分,就是孜孜不倦地忠诚、顺服于君主。③本章篇末引《淇奥》之"如切如磋,如琢如磨",着重强调了臣子应当像磨砺人格一样严格自我要求,恪尽职守,誓不反叛。所以,要求臣子安分守己,这不单是君子修齐治平的主观追求,也是维持君王倚仗以维持社会稳定的客观需求。

孟子曰:"欲为君尽君道,欲为臣尽臣道。"君有君道,臣有臣道,各有其准则,尊卑严明,不可轻易逾越。④《管子》中说,"君臣相与高下之处也,犹天之与地也"⑤,韩婴旗帜鲜明地提出的这种

---

① 《韩诗外传集释》卷一,第23页。

② 《吕氏春秋》中也以"星昼见"为灾异之象,并补充说明,尊卑秩序紊乱,是比它更严重的灾难。《吕氏春秋·慎大览·慎大》:武王胜殷,得二虏而问焉,曰:"若国有妖乎?"一虏对曰:"吾国有妖。昼见星而天雨血,此吾国之妖也。"一虏对曰:"此则妖也。虽然,非其大者也。吾国之妖,甚大者,子不听父,弟不听兄,君令不行,此妖之大者也。"武王避席再拜之。此非贵虏也,贵其言也。故《易》曰:"愬愬履虎尾,终吉。"《吕氏春秋》第十五卷,第238页。刘向《新序·杂事二》亦引此事。

③ "请问为人臣? 曰:以礼侍君,忠顺而不懈。"王先谦撰、沈啸寰、王星贤点校:《荀子集解》卷八《君道》,北京:中华书局,1988年,第232页。

④ 焦循、沈文倬点校:《孟子正义》卷十四《离娄上》,北京:中华书局,1987年,第491页。

⑤ 黎凤翔撰、梁运华整理:《管子校注》卷十五《明法解》,北京:中华书局,2004年,第1220—1221页。

君臣相处之道的要求,核心也是上下之分不可乱。

本篇言下之意,自然是含蓄地指责包藏祸心、图谋不轨的臣子。汉高祖六年(前 201 年)大批册封同姓王,"海内新定,同姓寡少,惩戒亡秦孤立之败,于是剖裂疆土,立二等之爵。功臣侯者百有余邑,尊王子弟,大启九国"①。册立这批诸侯王的目的,是刘邦借其对抗异姓王侯权臣,以拱卫中央皇室,因此,他们自然理应臣服于皇帝。然而事实上,"高祖时诸侯皆赋"②,而诸王"藩国大者夸州兼郡,连城数十,宫室百官同制京师,可谓矫枉过其正矣"③。"天难忱斯,不易维王",文帝时,济北王刘兴居自认诛吕氏之功,不满于所得封邑。④ 淮南王骄横跋扈,"自以为最亲,骄蹇,数不奉法。上以亲故,常宽赦之"。后因母仇椎杀辟阳侯审食其,陈词狡辩,"孝文伤其志,为亲故,弗治,赦厉王。当是时,薄太后及太子诸大臣皆惮厉王,厉王以此归国益骄恣,不用汉法,出入称警跸,称制,自为法令,拟于天子",足见其盛气凌人,逾越天子。⑤ 最后果如荀子"人生而有欲,欲而不得,则不能无求;求而无度量分界,则不能不争;争则乱,乱则穷"⑥之言,二王先后谋反。臣子尾大不掉,一味争强好胜,反抗皇帝,则"妖"乱之时不远矣。《左传》记载公叔段恃太后之宠而骄,索要远过其应得封地之事,即有祭仲之忧,言封王逾制,与君有辱,国难不远。⑦

"阴阳组合命题在古代思想观念领域具有普遍性,是一种思维定式,同时也是一种价值系统。这些理论框架对于人们的行为方

---

① 班固:《汉书》卷十四《诸侯王表》序,北京:中华书局,1964 年,第 393 页。
② 司马迁:《史记》卷五十九《五宗世家》,北京:中华书局,1959 年,第 2104 页。
③ 《汉书》卷十四《诸侯王表》序,第 394 页。
④ 参见《史记》卷五十二《齐悼惠王世家》,第 2005 页。
⑤ 参见《史记》卷一百一十八《淮南衡山列传》,第 3076 页。
⑥ 王先谦、沈啸寰、王星贤点校:《荀子集解》卷十三《礼论》,北京:中华书局,1988 年,第 346 页。
⑦ "都城过百雉,国之害也。先王之制,大都不过参国之一,中五之一,小九之一。今京不度,非制也。君将不堪。"杨伯峻:《春秋左传注》第一卷,《隐公元年》,北京:中华书局,1981 年,第 11 页。

式也成为一种设定和规范,尤其对士人的影响尤为突出。"①本章中,韩婴从"阴阳"之与灾异问题入手,将玄妙之说与政治问题相联系,却并未将现实政治完全依附其上。如韩婴划分的三公职责:"故阴阳不和,四时不节,星辰失度,灾变异常,则责之司马。山陵崩竭,川谷不流,五谷不植,草木不茂,则责之司空。君臣不正,人道不和,国多盗贼,下怨其上,则责之司徒。"②虽然涉及阴阳灾异,但最终落脚点依然是"故三公典其职,忧其分,举其辩,明其隐"并引《诗》"明昭有周,式序在位",主张臣子恪尽其责,这仍是儒家的政治伦常之一。抑或"人事伦则顺于鬼神,顺于鬼神则降福孔皆"③,"调和阴阳,顺万物之宜也"④等,阴阳鬼神等玄学秩序被引申为政治秩序,只是论证儒家伦常的一种手段。

汉承秦制,西汉立国基本保留了秦朝大一统中央集权的政治体制,汉代的政治格局便呈现出一种兼具春秋"封建"与秦法集权双重特点的结构。可惜经历汉初异姓王之乱、诸吕之乱后的汉朝中央政坛,留给文景的局面,是军功赫赫、从龙有功的骄纵臣子,血缘伦常中的辈分甚至有高于皇帝本身的诸侯王。郡国并行体制下,将君臣与亲缘双重伦理关系合而为一,令人为塑造、权力分割下的位阶,与无法割裂、先天血脉相连的亲缘关系并行于世。诸侯王们自恃与皇室为血脉至亲,又居汉朝立国之功,⑤让中央与地方、皇帝与臣子的双重矛盾愈加持久。等级威严难敌实力悬殊,类似淮南王之行止的地方诸侯王对汉朝中央皇权步步紧逼。地方对于中央、权臣对于皇帝的威胁,文景时期正盛,"故王孽子悼惠王王

---

① 刘泽华、张分田等:《传统正式思维方式与行为轨迹》,《思想的门径:中国政治思想史研究方法论》,天津:天津古籍出版社,2006年,第87页。
② 《韩诗外传》卷八,第291页。
③ 《韩诗外传》卷三,第94页。
④ 《韩诗外传》卷五,第178页。
⑤ "诸侯王自以骨肉至亲,先帝所以广封连城,犬牙相错者,为盘石宗也。"《汉书》卷五十三《景十三王传》,第2422页。

齐七十余城,庶弟元王王楚四十余城,兄子濞王吴五十余城:封三
庶孽,分天下半"①。吴王刘濞更是即山铸钱,煮海为盐,显赫一
方。"当时,诸侯不仅在地方自立,更妄想入朝称帝。他们在军事
上作反汉准备的同时,又每每给太上皇、先帝立宗庙,象征他们名
正言顺的继承权,作为政治上与舆论上的准备。"②这些地方诸侯
王的威胁直到经历了七王之乱,武帝时期又以推恩令、附益之法等
除患宁乱,才算真正彻底风平浪静。于是,韩婴的这番软硬兼施论
断,便体现出强烈的时事针对性。

这种方法与董仲舒整合阴阳家与儒家学说,创立其全新的以
灾异批评政治的儒家学术差异明显。董仲舒"以《春秋》灾异之变
推阴阳"③以治国,宣扬"国家将有失道之败,而天乃先出灾害以谴
告之,不知自省,又出怪异以警惧之,尚不知变,而伤败乃至"④,确
立政治与天的密切联系,"人道悖于下,效验见于天"⑤。尽管二者
对待阴阳问题的态度有别,但二人政治理念的方法论颇有异曲同
工之妙。

然而,不同于身处国富兵强的武帝一代,韩婴面对的是中央与
地方局势更为微妙的文景朝局。汉初黄老当道,"窦太后好黄帝、
老子言,(景)帝及太子诸窦不得不读《黄帝》《老子》,尊其术"⑥,
"乃至孝景,不任儒者"⑦。司马迁的这一描述纵然稍显绝对,贾
谊、胡毋生、袁盎、卫绾等人,以及文景二朝所立博士官,从西汉初
起,作为儒生在朝堂中或长或短,也曾得一息之存。但若要纯粹地

---

① 《史记》卷一百六《吴王濞列传》,第 2824 页。
② 汤志钧、华友根、承载等:《西汉经学与政治》,上海:上海古籍出版社,1994 年,第
40 页。
③ "仲舒治国,以《春秋》灾异之变推阴阳所以错行,故求雨,闭诸阳,纵诸阴,其止雨反
是;行之一国,未尝不得所欲。"《汉书》卷五十六《董仲舒传》,第 2524 页。
④ 《汉书》卷五十六《董仲舒传》,第 2498 页。
⑤ 范晔撰,李贤等注:《后汉书》卷三十七《丁鸿传》,北京:中华书局,1965 年,第
1266 页。
⑥ 《史记》卷四十九《外戚世家》,第 1975 页。
⑦ 《史记》卷一百二十一《儒林列传》,第 3117 页。

倚仗传统儒家学术位列三公,或是以之影响主流政治则难如登天,就算在朝中挤占稳定的一席之地,也举步维艰。自秦汉建立大一统国家开始,时人并不能完全自信于中央集权的政治模式即是一种实用性典范。① 如何解决统一与权力分配的形式问题,尚未营造出尽善尽美的理论土壤。于是在分封与郡县制的双重尝试下,君臣矛盾逐渐浮现,甚至不断激化升级。而当时的中央王朝,无力通过军事打击,直接解决问题。故而在避免直接触发矛盾的前提下,韩婴试图维护中央政权与皇室的权益,其所思所虑、所想所指不得不更为巧妙、隐晦。

韩婴利用当时的舆论环境,立论时并不深究阴阳的定义或天人之关系,而是着眼于俗世人伦,从而将矛头更精确地对准文景之时藩王不服中央皇权辖制这一最棘手的政治困境,尝试解决帝王的心腹之患。韩婴以黄老道家也秉承的阴阳灾异为切入点,以已潜移默化为常理的君臣父子尊卑等级为基础,再运用儒家传统学理为武器,高明地针砭了侯王不臣之弊。韩婴此番论说,也体现了汉代儒家的学术特色之一,即将国家权力与社会伦理融为一体,②将伦理与礼制纳入国家意志,以与生俱来的不可逃避的伦常关系绑定后天附加的政治等级秩序,③将学理付诸实践,以实践调整学理,从而更便于处理实际政治问题。政治权力或政治思维逐渐侵蚀学术领域,渐趋于形成大一统模式下的互相耦合的政治—学术意识形态。④ 汉初儒学从早期学理性强于实践性的学说,扩容成

① [英]崔瑞德、鲁惟一编:《剑桥中国秦汉史》,导言之《秦汉两个早期帝国的特有发展》,北京:中国社会科学出版社,1992年,第27页。
② 许倬云:《中国古代社会与国家之关系的变动》,《文物季刊》,1996年第2期。
③ "传统中国的价值观是一种德行本位的道德价值,中国人所强调的是人与生俱来的责任的不可逃避性。人因身份而有不可逃避的责任如父慈、子孝等,这种责任不仅存在于现实的社会政治世界中,而且它也有深厚的宇宙论的根据,它是'天'所赋予人的不可逃避的天职。"黄俊杰:《东亚儒学史的新视野》,上海:华东师范大学出版社,2008年,第255页。
④ 参见邓骏捷:《"诸子出于王官"说与汉家学术话语》,《中国社会科学》,2017年第9期。

治国安邦引导性强烈的儒术,学术论辩富含政治立场,这也是西汉初年儒学为求生而求变,不断为儒学扩容的一种表现。

如刘泽华所论,中国政治的传统是"王权主义",汉代儒学与政治一直拥有一种密切而复杂的相互作用关系,儒学政治化与政治儒学化相结合,儒家渐渐从诸子百家的一派,与政治核心结为一体。① 作为汉代以师为吏的先驱者,学官的身份令韩婴温和地将政治立场糅于学术之中,尝试着"柔性"地处理这棘手的矛盾。② 面对汉代儒者所遭受的"危不能安,乱不能治"的困境,这种隐藏在儒家引经据典的说教下,变通性高、应用性强的儒术,应当能够成为韩婴延续政治生命、进一步扩大儒学对政治的影响力的一大臂助。

二、《韩诗外传》以谦恭守成为训的暗示

汉初叔孙通定礼乐、明尊卑,规范了君臣位阶差异的具象化表现形式。但从亟须笼络的异姓军功地主,到为解决枝强本弱问题而倚重的同姓诸侯,地方侯王势力蓬勃发展,其不臣之行不胜枚举。"外部的政治解体和社会失序表现为'德礼体系'的内部危机",③汉初的政治格局与春秋战国之后,诸侯王抛弃礼乐之法约束而凌驾于周天子之上的景况何其类似。亲亲尊尊的儒家传统理念下,"亲亲"代表的宗法伦理,是血缘性的宗法观念中的情感因子;而"尊尊"代表的尊卑等级,则是权力关系的客观秩序。前者是

---

① 参见刘泽华、张分田等:《思想的门径:中国政治思想史方法论》,天津:天津古籍出版社,2006年,第3—4页。
② 黄俊杰在《论东亚儒家经典诠释与政治权力之关系:以〈论语〉、〈孟子〉为例》中以明代科举中对孟子学说的取舍为例,用"柔性"形容统治者过滤儒家经典及其阐释,从而引导民众与社会思想风向。该行为的方式、性质,也与汉代开启的这一儒家学术风格的发展延续。参见黄俊格:《东亚文化交流中的儒家经典与理念:互动、转化与融合》,台北:台湾大学出版中心,2010年。
③ 郑开:《德礼之间:前诸子时期的思想史》,北京:生活·读书·新知·三联书店,2009年,第407页。

后者的基石。礼制严明的西周时期,二者紧密融合在一起,而春秋战国礼崩乐坏,则是二者背道而驰、互相割裂。[1] 儒家同墨家的激烈矛盾之一就是墨家的"兼爱"理论,"爱而不讲尊卑亲疏,父权、君权就受到漠视和动摇,这就是孟子不能不辩的原因"。[2] 儒家秉持着君臣等同于父子的伦理道德传统,以君臣如父子将人情融入理性秩序,定名分以明尊卑,尊卑之道顺,则可国可治、民可安。[3] 这些针对春秋战国时弊应运而生的学说,韩婴将其融会贯通,重新投射在汉初的政治舞台中。因此,无论从传承儒家传统出发,还是为了迎合文帝需求,宣扬君臣之分以遏止地方王国对中央权力的侵蚀,都是韩婴寻求立身之阶的必然立场。

> 孔子侍坐于季孙。季孙之宰通曰:"君使人假马,其与之乎?"孔子曰:"吾闻君取于臣谓之取,不曰假。"季孙悟,告宰通,曰:"自今以往,君有取谓之取,无曰假。"故孔子正假马之名,而君臣之义定矣。《论语》曰:"必也正名乎!"《诗》曰:"君子无易由言。"言名正也。[4]

臣子的谦恭是臣服于君主的直接体现。韩婴在本章中借孔子之口,正假马之名,定君臣之义。国君像大夫征用某物,不当名为借,只能视作取用。有借即有还,双方的地位是相等的,取用之肆意,则突出了君主之位高于臣子。一字之别,君臣尊卑自明。春秋之微言大义,尽在于此。"必也正名乎"见于《论语·子路》。孔子

---

[1] 秦平:《〈春秋穀梁传〉政治哲学研究——以秩序为中心的思考》,北京:商务印书馆,2018年,第389页。

[2] 杨义:《以古典学门径逍遥于诸子六大迷津》,《澳门文录:走向文学地图的纵深处》,北京:中国社会科学出版社,2016年,第148页。

[3] 如《礼记集解》卷二十《文王世子》:"故父在斯为子,君在斯谓之臣,居子与臣之节,所以尊君亲亲也。故学之为父子焉,学之为君臣焉,学之为长幼焉,父子、君臣、长幼之道通,而国治。"第566页。

[4] 《韩诗外传集释》卷五,第200—201页。

曰："必也正名乎,名不正则言不顺,言不顺则事不成。"①荀悦在
《汉纪·孝景皇帝纪》中亦引之,作"必也正名乎。唯器与名不可以
假人,人君之所司也。夫名设于外,实应于内,事制于始,志成于
终,故王者慎之"②。"唯器与名不可以假人"出自《左传·成公二
年》,荀悦集孔子春秋大义以言,江都王获赐天子旌旗失当,即是名
不正、言不顺之行。天子应当谨慎,臣子亦当自省,共同避免臣子
行事逾越其分,否则"臣僭君服,下食上珍,所谓害于而家,凶于而
国者也"③,臣无别于君,必将为乱于天下。韩婴强调为臣之道,希
望诸侯王以季孙氏为鉴,尊重汉朝皇室之意,不言而喻。

　　季孙氏,乃鲁国三桓之一,为桓公少子季友之后裔。三桓世为
鲁卿,长期把持鲁国朝政,其中又以季孙氏最强。自宣公时三桓驱
逐公孙归父之后,三桓便开始共掌鲁国。鲁昭公欲平三桓不得,被
迫出走,最终客死晋国。三桓继立昭公之庶弟为定公,专政始于
此,直至鲁穆公与公孙休拨乱反正。其时,另两桓覆灭,而季孙氏
据封邑自立为费国。三桓一直是公族政治下,权臣凌驾于君主的
典型代表,"三家自取其税,减已税以贡于公,国民不复属于公,公
室弥益卑矣"④。三桓乱政,季孙氏尤甚,司马迁批评曰:"季氏亦
僭于公室,陪臣执国政,是以鲁自大夫以下皆僭离于正道。"⑤季孙
氏作为典型反例,在《韩诗外传》中也不止出现了一次。《韩诗外
传》卷十章十四也引"季氏为无道,僭天子,舞八佾,旅泰山以雍彻,
孔子曰:'是可忍也,孰不可忍也!'"⑥论季孙氏悖礼无德。季孙氏
之于鲁国,恰似刘邦留下的军功集团、诸侯王之于汉室。鲁昭公被

①　刘宝楠撰,高流水点校:《论语正义》卷十六,北京:中华书局,1990年,517页。
②　荀悦、袁宏撰,张烈点校:《两汉纪》,北京:中华书局,2017年,第140—141页。
③　《后汉书》卷六十二《荀韩钟陈列传》,第2056页。
④　李学勤主编,《十三经注疏》整理委员会整理:《春秋左传正义》,《昭公五年》,北京:
　　北京大学出版社,1999年,第1209页。
⑤　《史记》卷四十七《孔子世家》,第1914页。
⑥　《韩诗外传集释》卷十,第354页。

三桓放逐，汉少帝也为周勃等人所废。三桓立鲁定公以操控权柄，军功集团与刘姓诸侯王商议妥协之下，拥立了汉文帝。鲁定公重用孔子"隳三都"，以挣脱三桓的控制。汉文帝也以封地换军权、又采贾谊之方略等，试图削弱军功集团与同姓诸侯王的势力。韩婴引此事为证，敲山震虎之意历历可辨。

　　韩婴重视君臣名分，宣扬尊卑有伦，这一态度也反复体现在《韩诗外传》中。在《韩诗外传》卷四中，韩婴还讲述了一个齐桓公与燕王的故事。山戎讨燕国，燕求救于齐，齐桓公讨伐山戎，回程时路过燕国，燕王相送，一路送出了燕国的国境。按照春秋礼制，诸侯相迎送，不可离开自己封国的国境，"非天子不出境"。齐桓公深谙其理，以"寡人不可使燕失礼"为由，将燕王经过的国土割让给了燕国，既保全了燕国的礼数尊严，也避免了齐国背负仗势欺人的污名。这件事最终以"诸侯闻之，皆朝于齐"告终，全燕霸齐，足见安分守礼，利人利己。章末，韩婴引《诗·小雅·小明》："靖恭尔位，好是正直。神之听之，介尔景福"，赞扬了齐桓公这种恪守礼制、捍卫礼制、安分循理的行为。[①]《荀子·劝学》中亦引《小明》此章，同用其"谋恭其位，好正直之道"，则可"福莫长于无祸"[②]之意。

　　在管仲的学说和事迹中，亦处处可见恪守礼制、严格君臣之分的痕迹。如《管子》中，"群臣不用礼义教训则不祥"，"君不君则臣不臣，父不父则子不子。上失其位则下逾其节"之言；[③]而在《史记》中，也有管仲不肯受周襄王上卿之礼[④]的记载。春秋时期，礼

---

① 《韩诗外传集释》卷四，第 136 页。此事亦见于《史记·齐世家》《史记·燕世家》《新书·春秋篇》《说苑·贵德篇》。

② 《荀子·劝学》："《诗》曰：'嗟尔君子，无恒安息。靖共尔位，好是正直。神之听之，介尔景福。'神莫大于化道福莫长于无祸。"注曰："靖，谋。介，助。景，大也。无恒安息，戒之不使怀安也。言能谋恭其位，好正直之道，则神听而助之福。"王先谦撰，沈啸寰、王星贤点校：《荀子集解》卷四《儒效》，北京：中华书局，1988 年，第 3 页。

③ 黎翔凤撰，梁运华整理：《管子校注》，北京：中华书局，2004 年，第 902 页，第 37 页。

④ "王以上卿礼管仲。管仲辞曰：'臣贱有司也，有天子之二守国、高在。若节春秋来承王命，何以礼焉。陪臣敢辞。'王曰：'舅氏，余嘉乃勋，毋逆朕命。'管仲卒受下卿之礼而还。"《史记》卷四《周本纪》，第 125 页。

乐便是等级的象征。"君臣上下,父子兄弟,非礼不定"①,尊礼守法以推崇天子,即是诸侯王的天然义务,"礼者、治辩之极也,强国之本也,威行之道也,功名之统也。王公由之,所以一天下也。不由之,所以陨社稷也"②。《韩诗外传》引述此事,以"礼"为名,以《诗》为证,同张管仲之意,明显借此传递了诸侯王应当加强自我约束、效法先贤、谦冲自牧、克已奉公的意图。

从另一个角度看,韩婴此章也有比事相类之意。文帝取得帝位,则几乎由诸侯王们一手策划。"诸大臣相与阴谋曰:少帝及梁、淮阳、常山王,皆非真孝子也。吕后以计诈名他人子,杀其母,养后宫,令孝惠子之,立以为后,及诸王,以强吕氏。今皆已夷灭诸吕,而置所立,即长用事,吾属无类矣。不如视诸王最贤者立之。"③这才有了拥立代王之举。文帝势单力薄,面对大臣也只得自承"误居正位,常战战栗栗,恐事之不终"④。齐国救燕,燕王感恩而失礼,齐国强盛,燕王畏而失礼。诸侯王平诸吕、拥戴文帝,文帝感其功;诸侯王国富兵强,文帝又畏其势。齐桓公没有得意忘形,反而能够以礼为本、守命知分。诸侯王也自当谨终慎始,敬天尊王,"君子大心则敬天而道,小心则畏义而节"⑤;谨言慎行,否则"其肢体之序,与禽兽同节,言语之暴,与蛮夷不殊",人即与禽兽无异。失节者"出则为宗族患,入则为乡里忧",诸侯王僭越自然也只能为祸一方,成为中央王朝的心腹之患。

在《韩诗外传》中紧随其后的舜娶二女、黄帝封十九子均不合礼数,故舜耕作时对天哭号,只因未尽天命之例,引《小明》另章为证,从反面说明,只有循规蹈矩、恪守其位,才能顺承天命、积得善

---

① 《礼记正义》卷一《曲礼》,第8页。
② 《韩诗外传集释》卷四,第137页。
③ 《史记》卷九《吕太后本纪》,第410—411页。
④ 《史记》卷二十五《律书》,第1242页。
⑤ 《韩诗外传集释》卷四,第151—153页。

果。① 韩婴一力劝之勉之,所希冀者,无非诸侯王稍敛锋芒,以维系中央与地方、皇权与诸侯王之间的微弱平衡,避免因针锋相对而引发更大的社会混乱。

今文经"礼"尚《春秋》,由秦入汉后,礼乐制度的外在形式已经淡化,故而《韩诗外传》就事论事,表面上并没有绝对的指向性,然而本质上,这一故事始终围绕着诸侯王进退之分寸。置诸汉初政治格局,韩婴此说,可以视作含沙射影地批评诸侯王们冒犯中央皇室的行为。

从《韩诗外传》此类文本中可以看到,韩婴用诗说理,断章取义,同时引经据典,遍及圣人、贤王、能臣,借春秋故事言志,将其政治理念尽融其中,定君臣之分、明尊卑之别,以便从思想上劝勉诸侯王,尽力维护文景之时脆弱的中央皇权。

韩婴发挥儒生所长,在著书立说、传道授业的过程中,巧妙地以春秋礼法针砭时事。而他长期担任着博士官或者王太傅这种要职,可见他的理念传播并非失败,至少获得了前后两任君王即文景二帝的认可。

三、《韩诗外传》中祭仪与汉初君臣关系之模拟

> 楚庄王寝疾,卜之,曰:"河为祟。"大夫曰:"请用牲。"庄王曰:"止。古者圣王之制,祭不过望。濉、漳、江、汉,楚之望也。寡人虽不德,河非所获罪也。"遂不祭,三日而疾有瘳。孔子闻之,曰:"楚庄王之霸,其有方矣,制节守职,反身不贰,其霸不亦宜乎!"《诗》曰:"嗟嗟保介。"庄王之谓也。②

韩婴对于诸侯王安分守己的规劝不止于此。由阴阳入秩序再

---

① 《韩诗外传集释》卷四,第 136 页。
② 《韩诗外传集释》卷三,第 90 页。《韩诗外传》作楚庄王,《左传·哀公六年》《说苑·君道》《孔子家语·正论解》载此事皆作楚昭王,屈守元考订当为昭王,今从之。

入礼之分后，韩婴也以循礼为线索，补充论据。韩婴在《韩诗外传》卷三引楚庄王卜疾之事，强调克己复礼的重要性。儒家历来重视祭祀之礼，春秋时期诸侯王身为周天子之封臣，祭祀必须遵守严格的等级规定，越制即是逾礼。楚昭王不曾否认祭祀的必要性，但对祭祀范围的限制，态度非常坚决。他病重时，依旧认为，祭祀楚国境内河川是理所应当的，"古者圣圣王制，祭不过望，濉、漳、江、汉，楚之望也"，但祭祀楚国境外的，则大可不必，它们也不是自己的病因，"寡人虽不德，河非所获罪也"。据载，昭王问疾，是经过了正式的问卜程序的，卜官提出，病因乃河神作祟，但昭王坚持否决了"越望"之祭。这一则故事又见于《左传·哀公六年》，《左传》中孔子对此的评述，相较于《韩诗外传》，则更为简略："楚昭王知大道矣，其不失国也，宜哉！"①《韩诗外传》中孔子的评价直接点明了昭王此举胜在节制而恪守其分，并未进行超越自己身份的祭祀之礼："其有方矣，制节守职，反身不贰，其霸不亦宜乎！"圣人"祭不越望"的观点，见于《礼记》之"诸侯祭名山大川之在其地者"②，后在今文经中普遍通行。《公羊传》云："诸侯山川有不在其封内者，则不祭也。"③韩婴顺理成章地秉持了这一传统。

此后，董仲舒也沿用了这一观点，认为"诸山川不在封内不祭"④。正如《左传》记述此事时，引《夏书·五子之歌》"今失其行，乱其纪纲，乃灭而亡"⑤为证，举止失当，便容易引火烧身。春秋战国之后，单纯出于祭祀之礼引发的争议，同样已经不再是社会核心

① 杨伯峻：《春秋左传注》，第 1636 页。
② "天子祭天地，诸侯祭社稷，大夫祭五祀。天子祭天下名山大川：五岳视三公，四渎视诸侯。诸侯祭名山大川之在其地者。"《礼记正义》卷《王制》，第 347 页。
③ "天子祭天，诸侯祭土。天子有方望之事，无所不通。诸侯山川有不在其封内者，则不祭也。"《公羊传》以此释鲁郊非礼。李学勤主编，《十三经注疏》整理委员会整理：《春秋公羊传注疏》，卷第十二，《僖公三十一年》，北京：北京大学出版社，第266页。
④ 《春秋繁露·王道》："天子祭天地，诸侯祭社稷，诸山川不在封内不祭祀。"苏舆撰，钟哲点校：《春秋繁露义证》卷四，北京：中华书局，1992 年，第 113 页。
⑤ 今作"惟彼陶唐，有此冀方。今失厥道，乱其纪纲，乃厎灭亡"。据孔颖达疏，当为逸《书》。

冲突。但本章同"诸侯相送不出境"的隐晦规劝类似,表面追念春秋之礼,且无明确批判对象的政论,却以史为鉴,意在言外,是韩婴政治理念的艺术表达。

"夫礼者,所以别尊卑贵贱也;义者,所以和君臣父子兄弟夫妇人道之际也。"①礼制是外化的等级,其表征则为服色、仪制等,《礼记·月令》以之为"别贵贱等给之度"②。穿戴、车马、扈从等各方面,儒家都有种种明确的规定。荀子也认为,"夫两贵之不能相事,两贱之不能相使,是天数也"。"无等差,则不可相制也";"无等级,则不知纪极",先王制定礼仪,突出差别性,就是为了保证统治秩序。《书》曰"维齐非齐"是也。③

《韩诗外传》也继承了这一观点,"命得乘饰车骈马,未得命者,不得乘饰车骈马,皆有罚。故民虽有余财侈物,而无礼义功德,则无所用"。章末引《大雅·抑》"质尔人民,谨尔侯度,用戒不虞"为证。④ 命者,爵命也⑤,王命之为爵⑥。受命者,方可享有特定等级的仪制,否则便应当受罚。韩婴提倡行为与身份须"名副其实",杜绝德不配位以防止恃强凌弱,以备不虞。

反观文景之时,诸侯王与皇帝分庭抗礼,"宫室百官同制京师",对待中央派遣至王国的官吏时常"求其罪告之,亡罪者诈药杀之"⑦。淮南王不仅在封地自行任免需要中央委任的两千石官吏,入朝也骄横如故,杀人而不获罪,在文帝面前也常常不以臣子自居,"从上入苑囿猎,与上同车,常谓上'大兄'",甚至"不用汉法,出

---

① 王利器:《文子疏义》卷十二《上礼》,北京:中华书局,2000年,第524页。
② "黼、黻、文、章,必以法故,无或差贷。黑、黄、仓、赤,莫不质良,毋敢诈伪,以给郊庙祭祀之服,以为旗章,以别贵贱等给之度。"《礼记集解》卷十六《月令》,第458页。
③ 详见《荀子集解》卷五《王制》,第152页。
④ 《韩诗外传》卷六,第206—208页。《说苑·贵德》篇同载此论。
⑤ 孔颖达《礼记·郊特牲》之"古者生无爵,死无谥"云:"按《典命》云:'小国之君,其卿三命,其大夫再命,其士一命。'士既有命,命即爵也。"此处从之。李学勤主编:《十三经注疏·礼记正义》,北京:北京大学出版社,1999年,第814页。
⑥ 杨伯峻:《春秋左传注》第一卷《隐公元年》,北京:中华书局,1981年,第9页。
⑦ 《汉书》卷五十三《景十三王传》,第2419页。

人称警跸,称制,自为法令,拟于天子"。① 文帝时,还有许多列侯不愿受州郡守卫之法令,不愿就国。文帝连续下诏,催促其离京。② 这些都是不得命或越其命的失德之行,诸侯王此等挑战中央皇权的举动,其恶劣影响自然远胜于服饰、车马等仪制不合规矩。

韩婴本章仅点出舆服、财物之过,但刘邦业已早定礼制以明君臣之分,对于不敬天子的诸侯王而言,足以使心有戚戚焉。本章虽不同于前几例明确用典,韩婴仍旧旁指曲谕,婉转达意,继续贯彻他"柔性"处理政治问题的儒家之术,再一次从道义理念上,对咄咄逼人的诸王侯作出警示,巧妙维护了大一统下的中央王权。

这种儒术之道,日后也为更多的儒生沿用,譬如公孙弘"奏事,有不可,不庭辩之"③的明哲保身之道,也可略见类似柔以骋坚的为政风貌。从中蠡测,在汉初,这种方式应当有一定可行性,才会被后学接受,并在自己的政治生活中吸取采用。

四、《韩诗外传》的周公寓意

如果上述诸例,皆可以视作韩婴的讽喻,那么韩婴在《韩诗外传》中,亦不忘并举诸侯王当效仿的先贤之例,双管齐下,以求事半功倍。

周公的功绩和政治影响力之大,夏曾佑形容其为"于中国有大关系者,周公一人而已"④。周公的丰功伟绩与高风亮节,使其在儒家系统中,一直被塑造为贤臣、先圣,是为臣者理应效仿的典范。孟子评价周公为古圣人,"周公思兼三王,以施四事"⑤。韩婴也将

---

① 《史记》一百一十八《淮南衡山列传》,第 3076 页。
② "文帝三年诏曰:'前日诏遣列侯之国,辞未行。丞相朕之所重,其为朕率列侯之国。'遂免丞相勃,遣就国。"《史记》卷十《孝文本纪》,第 424 页。
③ 《史记》卷一百一十二《平津侯主父列传》,第 2950 页。
④ 夏曾佑:《中国学术中国古代史》,南昌:江西教育出版社,2018 年,第 26 页。
⑤ 《孟子正义》卷十六《离娄下》,第 571 页。

周公称为"圣人"①,在《韩诗外传》中一再突出了周公谦虚守诚之德。卷三"周公践天子之位七年"条②,讲周公以一沐三握、一饭三吐哺之事戒伯禽,并引《易》之谦卦"谦亨,君子有终吉",《商颂·长发》"汤降不迟,圣敬日跻",教之以谦。卷八"孔子曰:'《易》先《同人》后《大有》',承之以谦"条③,同引谦卦之"谦亨"与《长发》"汤降不迟,圣敬日跻",赞周公之谦德。

但周公谦德中,首屈一指为儒家所称道的,便是归政于成王。周公"摄政,一年救乱,二年克殷,三年践奄,四年建侯卫,五年营成周,六年制礼作乐,七年致政成"④。韩婴也选择了这一出发点,来称赞周公。

> 孔子曰:"昔者周公事文王,行无专制,事无由己,身若不胜衣,言若不出口,有奉持于前,洞洞焉若将失之,可谓子矣。武王崩,成王幼,周公承文武之业,履天子之位,听天子之政,征夷狄之乱,诛管蔡之罪,抱成王而朝诸侯,诛赏制断,无所顾问,威动天下,振恐海内,可谓能武矣。成王壮,周公致政,北面而事之,请然后行,无伐矜之色,可谓臣矣。故一人之身,能三变者,所以应时也。"《诗》曰:"左之左之,君子宜之;右之右之,君子有之。"⑤

周公事文王如子如臣,虽由于成王年幼而代行天子之权,最终

---

① "子夏曰:'臣闻黄帝学乎大坟,颛顼学乎禄图,帝喾学乎赤松子,尧学乎务成子附,舜学乎尹寿,禹学乎西王国,汤学乎贷子相,文王学乎锡畴冯斯,武王学乎太公,周公学乎虢叔,仲尼学乎老聃。此十一圣人,未遭此师,则功业不能著乎天下,名号不能著乎天下,传乎后世者也。'"《韩诗外传集释》卷五,第195—196页。
② 《韩诗外传集释》,卷三,第116页。
③ 《韩诗外传集释》,卷八,第300页。
④ 《尚书大传疏证》卷五,《洛诰》,影印复旦大学图书馆藏清光绪二十二年刻师伏堂丛书本。
⑤ 《韩诗外传集释》卷七,第241页。

做到了"威动天下,振恐海内",功绩不可为不彪炳。但成王成年之后,仍然能自动归还政权,"王"毫无骄矜之色,谦逊地做回臣子,尽其本分,是模范的君子。《史记·鲁周公世家》亦云:"成王长,能听政。于是周公乃还政于成王,成王临朝。周公之代成王治,南面倍依以朝诸侯。及七年后,还政成王,北面就臣位,匔匔如畏然。"①"匔匔如畏然",可见周公之谦。

周公北面而侍成王,为人之谦诚,亦可参见《尚书·金縢》之记载。周公情愿用自己的寿命换取成王的健康,上苍更因周公被误解而降下灾异,周公赤子之心,天日可昭。为臣之谦诚,韩婴总结为六德:"吾闻德行宽裕,守之以恭者荣;土地广大,守之以俭者安;禄位尊盛,守之以卑者贵;人众兵强,守之以畏者胜;聪明睿智,守之以愚者善;博闻强记,守之以浅者智。夫此六者,皆谦德也。"②即位愈高,则其志愈卑。韩婴也以孙叔敖论利患之辨言:"吾爵益高,吾志益下。吾官益大,吾心益小。吾禄益厚,吾施益博"③,再次重申了谦以益德、谦以求存的道理。

周公之谦,成全了周公之忠。韩婴称,"不仁之至忽其亲,不忠之至倍其君,不信之至欺其友"④。周公"行无专制,事无由己",于其父昌、其兄发、其侄诵,周公尽心侍奉尽其仁;于文、武、成王,周公"以道覆君而化之",守诺归政尽其忠。故而在韩婴笔下,"周公之于成王,可谓大忠也"⑤。

这一评价标准下,韩婴还很推崇商之伊尹。同周公辅成王相类,伊尹逐太甲的故事,也是儒家历久弥新的说教之例。《孟子·万章上》载:"太甲颠覆汤之典刑,伊尹放之于桐。三年,太甲悔过,

---

① 《史记》卷三十三《鲁周公世家》,第 1519—1520 页。
② 《韩诗外传集释》,卷三,第 116 页。
③ 《韩诗外传集释》卷七,第 254 页。
④ 《韩诗外传集释》卷一,第 8 页。
⑤ 《韩诗外传集释》卷四,第 131 页。

自怨自艾,于桐处仁迁义;三年,以听伊尹之训己也,复归于亳。"①
《荀子·臣道》也将二人并举:"殷之伊尹,周之太公,可谓圣臣
矣。"②《韩诗外传》中也以孟子之口说:"若伊尹于太甲,有伊尹之
志则可,无伊尹之志则篡。"③伊尹之忠,当类周公。

而西汉初年的文帝,面对的正是一群功在匡政的"伊尹""周
公"。吴、楚、齐、城阳、济北、济南、菑川、胶西、胶东、代、赵、河南、
河间、淮南、衡山、庐江等国叔伯兄弟王侯眈视于外,"因建关而备
之,若秦时之备六国也"④;陈平、周勃等才臣环伺于内,"上礼甚
恭,常目送之"。在此契机下,韩婴宣扬周公严守君臣之分的义行,
强调应无论身份如何变化,都能够规行矩步、进退得宜,才算忠心
耿耿;即使身居高位,也要更加谦卑恭谨,才能远离祸端、自保求
存。对比倨傲周勃,强藩济北王兴、淮南王长、吴王濞、梁王武等不
臣之举,此意当对权臣、诸侯有一言穷理,以儆效尤之图。

具有深明大义的归政之德的周公,在汉初也颇得认可,并非单
纯是一个儒家语境中的政治偶像。如黄老道家的代表《淮南子·
齐俗训》有言:"周公践东宫,履乘石,摄天子之位,负扆而朝诸侯,
放蔡叔,诛管叔,克殷残商,祀文王于明堂,七年而致政成王。"汉武
帝也同样看重周公归政的政治意义,晚年命令霍光辅政时,"上乃
使黄门画者画周公负成王朝诸侯以赐光"⑤。而伊尹更是与黄老
道家息息相关。清华简之《汤处于汤丘》《汤在啻门》,均为以"味"
论政治,与老子治大国若烹小鲜的理念不谋而合⑥,以伊尹与汤的

① 《孟子正义》卷十九《万章上》,第649页。
② 《荀子集解》卷九《臣道》,第249页。
③ 《韩诗外传集释》卷二,第34页。
④ 《新书校注》卷三《壹通》,第113页。
⑤ 《汉书》卷六十八《霍光金日磾传》,第2932页。
⑥ 可参阅郭梨华:《〈汤处于汤丘〉、〈汤在啻门〉中的黄老思想初探》,《〈清华大学藏战
  国竹简〉中的〈汤处于汤丘〉、〈汤在啻门〉与〈殷高宗问于三寿〉会议论文集》,德国埃
  尔朗根-纽伦堡大学,2016年。

对话构成的帛书《九主》也被认为是黄老道家的作品①。这种判断在汉初同样有迹可循,《汉书·艺文志》道家首列《伊尹》五十一篇,姚振宗注曰:"史言伊尹从汤,言素王之事,盖亦述黄虞之言为多。此其所以为道家之祖,而老子犹其后起者也。"②西汉初年,这两位理应都是既符合儒家理念,又具有广泛接受度的先贤形象。即使以之为辅证的孙叔敖,其事也见于《列子·说符》《淮南子·道应训》,仍是一位兼备黄老与儒家双重认可的春秋良臣。

韩婴提倡贤人政治,因利乘便地借周公此等其贤明为世所公认、其身为先师所垂范又为汉初多家广泛接受的形象,阐发政论,推广臣子面对君主时应有的德守、诚德的分寸感。韩婴以之劝诫"有君不能事,有臣欲其忠;有父不能事,有子欲其孝;有兄不能敬,有弟欲其从令"③的诸侯王,望其反求诸己、以此端身。若能见贤思齐、推己及人,则达到"为人父者则愿以为子,为人子者则愿以为父,为人君者则愿以为臣,为人臣者则愿以为君"④的圣贤之境。君臣尽欢,各得其所,长治久安则指日可待。韩婴此举,依旧秉持着既能委婉地传情达意,也能免于招致其他学派激烈反对的原则,是韩婴柔和变通之儒术的又一体现。

结　语

纵览文景之时,一则中央皇权弱势,文帝对于盛气凌人的诸侯王尚且以安抚为主;二则儒学尚且不兴,儒生在内外朝中均为弱势群体。文帝创设了儒家专经的博士,韩婴以其《诗》得立。博士虽

---

① 参见连劭名:《帛书〈伊尹·九主〉与古代思想》,《文献》,1993 年第 3 期。余明光:《帛书〈伊尹·九主〉与黄老之学》,陈鼓应主编:《道家文化研究》(第三辑),上海:上海古籍出版社,1993 年等。
② 姚振宗:《汉书·艺文志条理》,《二十五史补编》,上海:开明书店,1936 年,第 1601 页。
③《韩诗外传集释》卷四,第 149—150 页。
④《韩诗外传集释》卷二,第 50 页。

为学官,但自创立之初,所任者便具有一定参与政事的资格,"秦博士亦议论典礼政事,与汉制同"①。

只是至西汉初年,博士官身份在中央的政治话语权一直不高。黄老之术盛行、军功地主强势,以儒学起家的韩婴势单力薄,难以寻求牢固的政治背景作为倚仗。因此,无论是皇权还是学派,都不足以支撑韩婴锋芒毕露地为理想而战,直接义正词严地批判此时诸王种种冒犯中央皇室的出格之举,以正名份、定纲纪、卫社稷。

打击地方王侯与煊赫军功地主势在必行,直抒胸臆又易激化矛盾,故而暗行褒贬,因势利导,成为一种恰逢其时的选择。韩婴先从黄老道家并不抗拒的"阴阳"概念入手,导入儒家核心理念——社会伦常,这一伦常中又包含政治伦常与血缘伦常二重含义。随即再以多种卿士、诸侯僭越的春秋故事,以其微言大义隐喻时政,诚莫若豫,向诸侯王敲响了警钟。接着,韩婴补充了数则遵纪守礼以外,春秋士大夫如何展现忠君之义的旧例,规劝诸侯王竭忠尽智,臣服于中央皇权。

韩婴旁征博引,借古喻今,以柔克刚,对文景之时飞扬跋扈的悼惠诸王,当有讽一劝百之效。只要地方与中央、权臣与帝王的矛盾双方中更为强势一方的能够临危自省,韩婴与汉帝离共同的稳定政局的目标便能更进一步。汉代推崇的"通于世务,明习文法,以经术润饰吏事"②的为政处事方式,既是韩婴作为儒生,变通儒术、经世济民的政治方略,也是韩婴及其所代表的今文经师们以六经注我,巧对时局之艰的政治智慧。

---

① 王国维:《汉魏博士考》,《观堂集林》(外二种),石家庄:河北教育出版社,2003 年,第 85 页。
② 《汉书》卷八十九《循吏传》,第 3623 页。

第三章 《韩诗外传》中
有条件的怀柔王道

　　韩婴在《韩诗外传》中这样描述春秋战国的混乱:"周室微,王道绝,诸侯力政,强劫弱,众暴寡,百姓靡安,莫之纪纲,礼仪废坏,人伦不理。"①这几乎是汉初社会状态的写照。汉初虽然已是大一统的中央集权国家,但诸王并起,权臣争锋,经济凋敝,礼仪不兴。如贾谊以为,"汉承秦之败俗,废礼义,捐廉耻,今其甚者杀父兄,盗者取庙器,而大臣特以簿书不报期会为故,至于风俗流溢,恬而不怪,以为是适然耳"②。

　　韩婴也指明了这些社会问题的根结:"自周室衰坏以来,王道废而不起,礼义绝而不继。秦之时,非礼义,弃诗书,略古昔,大灭圣道,专为苟安,以贪利为俗,以告猎为化,而天下大乱。于是兵作而火起,暴露居外,而民以侵渔遏夺相攘为服习,离圣王光烈之日久远,未尝见仁义之道,被礼义之风。是以嚚顽无礼,而肃敬日损,凌迟以威武相摄,妄为佞人,不避祸患,此其所以难治也。"③究其原因,争权夺利、背礼忘义,各自以威权相逼,才是社会混乱的本源。张德胜认为,儒家的传统是渴望秩序而痛恨动乱的,对王朝统一和治世长久的追求一直盘亘在儒家的精神里。儒家常谈治乱兴

---

①　《韩诗外传集释》卷五,第156页。
②　《汉书》卷二十二《礼乐志》,第1030页。
③　《韩诗外传集释》卷五,第184页。

衰,目的是为了治理"乱",最终走向"治"。① 韩婴在汉初的政治企图,即是这一理想的体现。君权至上的思想观念,是汉代国家统治思想的核心精神。② 韩婴的根本目的,也正是集权于君,治乱世,安太平。

"吕后、惠、文,乘天下初定,与民休息,深持柔仁不拔之德。"③为了稳定社会秩序,维护中央集权的大一统国家,韩婴除以礼义仁德之名委婉地劝导群臣安分守己以外,同样以礼仪仁德为名,以柔和的儒术,辅佐君主处理社会与政治问题,自然顺理成章。《孟子·万章下》云:"用下敬上,谓之贵贵;用上敬下,谓之尊贤。贵贵尊贤,其义一也。"赵岐批注道:"下敬上,臣恭于君也;上敬下,君礼于臣也:皆礼所尚,故云其义一也。"④韩婴在《韩诗外传》中,对君臣双方的规劝,正与之异曲同工,以尊、顺训臣,便同样以宽、柔、度劝君。

君、臣,是两种既相对立、又相依存的身份。臣子"出而仕于君也,不以天下为事,则君之仆妾也;以天下为事,则君之师友也"⑤。臣子以天下为己任,尊君重道,不兴叛逆之念,自然如同君主的师友,能得到君主的礼待。君主对待臣子的态度与臣子侍奉君主的态度往往相互影响。"君之视臣如手足,则臣之视君如腹心;君之视臣如犬马,则臣之视君如国人;君之视臣如土芥,则臣之视君如寇仇。"赵岐注曰"臣缘君恩,以为差等,其心所执若是也"⑥,即是将这种"看待",定义为内心的态度。因此,韩婴也一以贯之,以一致的风格,向君主进谏,期待君主用柔性的态度笼络臣民、调和君

① 张德胜:《儒家伦理与秩序情结》,台北:台湾巨流图书公司,1995 年。
② 参见王子今:《秦汉社会意识研究》,北京:商务印书馆,2012 年。
③ 何去非著,贡安南译注:《何博士备论译注》,北京:军事科学出版社,1989 年,第26 页。
④ 焦循撰,沈文倬点校:《孟子正义》卷二十,北京:中华书局,第 95 页。
⑤ 黄宗羲:《明夷待访录·原臣》,《黄宗羲全集》第一卷,第 5 页。
⑥ 焦循撰,沈文倬点校:《孟子正义》卷十六,《离娄下》,北京:中华书局,第 546 页。

臣矛盾。

"古者天下之人爱戴其君,比之如父,拟之如天,诚不为过也。"①韩婴在《韩诗外传》中多次将父父子子的内在亲缘伦理,与君君臣臣的外在政治伦理结合,时时以父之道隐喻君之道,加深这种双向关系和双方共同努力的认知。"为人父者、必怀慈仁之爱","冠子不言,发子不答,听其微谏,无令忧之,此为人父之道也"②,即为君当怀仁慈之心,宽以治下,因人施教,臣无忧则君无虑,君臣尽欢则政局可安。臣敬君,君爱臣,才能形成良性循环的政治系统。

与论臣之本分相似,韩婴同样并非以空泛的道德观念,劝谏君主。韩婴对汉初的政治环境有清醒的认识,仁慈博爱的道德口号,是为其具有操作性的政治方略张本。韩婴在《韩诗外传》中曾明确指出,"君子有三言,可贯而佩之:一曰无内疏而外亲,二曰身不善而怨他人,三曰患至而后呼天"③。孔子、荀子皆有同类之言。《说苑·敬慎》中引孔子之言:"故不比数而比疏,不亦远乎? 不修中而修外,不亦反乎? 不先虑事,临难乃谋,不亦晚乎?"④若将之置于春秋战国的语境中,这是儒家在乱世中要求君子修身养性,希望君子重孝悌、重慎独、重省察的道德准则。若将之置于韩婴身处的政治环境中,皇权的心腹之患各诸侯王都是皇帝血脉至亲,不可"内疏而外亲"自然暗指不可过分疏远诸王,不可明知力量难以匹敌而露怨怼之色,不可不未雨绸缪而终了悔之晚矣。《管子·形势解》之"出言而离父子之亲,疏君臣之道,害天下之众,此言之不可复者也,故明主不言也"⑤,即明主慎言以保全父子之亲、君臣之义,以

① 黄宗羲:《明夷待访录·原君》,《黄宗羲全集》第一卷,杭州:浙江古籍出版社,1985年,第3页。
② 《韩诗外传集释》卷七,第270页。
③ 《韩诗外传集释》卷二,第41页,亦可参见《荀子·法行》。
④ 《说苑校证》卷第十,第263页。《孔子家语·贤君》本于此。
⑤ 黎翔凤撰,梁运华整理:《管子校注》卷二十《形势解》,北京:中华书局,2004年,第1189页。

定天下,亦此之谓也。并而视之,这便是韩婴规劝汉初帝王以情感维系与诸侯王的关系,避其锋芒、蛰伏待机以图毕其功于一役的良言。韩婴以儒学为本博学旁收、因势利导、顺势而为的政治素养尽见其中。

韩婴温和地劝导诸侯王,敬君主、守臣道。如果臣子能够真诚、忠实地为君主服务,君主理当以相应的诚恳之态,回应臣子。韩婴冷静地看待汉初中央政权的危机,准确地判断了皇帝的需求,综合提供了一套欲取先予、防微杜渐的组合型帝王术,不必隳名城、销锋镝,便能刀枪入库、海波不兴。韩婴明修栈道,以宽仁为本,主张不损权臣、王侯的颜面,不损全国之大体;却不忘暗度陈仓,保存权力的关键,低调削弱对手的力量。文帝素以"有仁智通明之德"①为后世称颂,司马迁和班固都高度称赞文帝之德与仁。但文帝并没有拒绝韩婴、贾谊等人的"阳予阴夺之术",并善用之,最终成功地在权臣与诸侯王的重重危机中尽可能地保证了权力的集中与政治秩序的稳定,并为子孙帝王日后彻底解决心腹之患积蓄了力量,无怪乎王夫之评价说,"汉兴,至文帝而天下大定"②。

一、《韩诗外传》对小惩大戒以得人的提倡

> 楚庄王赐其群臣酒,日暮酒酣、左右皆醉,殿上烛灭,有牵王后衣者,后扢冠缨而绝之,言于王曰:"今烛灭,有牵妾衣者,妾扢其缨而绝之,愿趣火视绝缨者。"王曰:"止!"立出令曰:"与寡人饮、不绝缨者,不为乐也。"于是冠缨无完者,不知王后绝冠缨者谁。于是王遂与群臣欢饮乃罢。后吴兴师攻楚,有人常为应行合战者,五陷阵却敌,遂取大军之首而献之。王怪而问之曰:"寡人未尝有异于子,子何为于寡人厚也。"对曰:

---

① 桓谭撰,朱谦之校辑:《新辑本桓谭新论》卷十《识通》,北京:中华书局,2009 年,第 42 页。

② 王夫之:《读通鉴论》卷二《文帝》,北京:中华书局,1975 年,第 64 页。

> "臣先殿上绝缨者也,当时宜以肝胆涂地,负日久矣,未有所效,今幸得用于臣之义,尚可为王破吴而强楚。"《诗》曰:"有淮者渊,藿苇淠淠。"言大者无不容也。①

正是楚庄王宽恕臣子酒醉无礼的德行,换来了沙场浴血奋战的誓死效忠,因此,君王的胸怀应当像幽峭的河湾一样深邃,像茂密的芦苇丛一样广袤。"大者无不容也",儒家学说中的确历来强调宽仁之德,如《论语·阳货》之"恭则不侮,宽则得众,信则人任焉"②,《论语·卫灵公》之"躬自厚而薄责于人"③;《荀子·君道》之"其于事也,径而不失;其于人也,寡怨宽裕而无阿"④,等等。

儒家坚持严以律己、宽以待人的道德准则,正是韩婴称赞楚庄王的出发点。但楚庄王不曾调查究竟是谁冒犯了王后,反而藏叶于林式地掩盖了其过错,巧妙地为不知名的酒后失态之人打了圆场。此事又见于《说苑·复恩》,绝缨者的解释更为详尽:"臣终不敢以荫蔽之德,而显报王也。愿肝脑涂地,用颈血湔敌,久矣。……此有阴德者必有阳报也。"⑤向宗鲁按曰:"《御览》两引皆作'阴','阴''显'对文。"阴者,私也。此处的阴德,应即是君王暗中庇佑之德义。《说苑·贵德》中也说,"夫有阴德者必有阳报,有隐行者必有昭名"⑥。在贾谊的《新书·春秋》中同有"有阴德者,天报以福"⑦的观念。阴德必有报的理论,在汉初儒家中,应当已为人所共知。韩婴进一步发展了这一观点,指出行"阴德"成人之

---

① 《韩诗外传集释》卷七,第256—247页。
② 刘宝楠撰,高流水点校:《论语正义》卷二十《阳货》,北京:中华书局,1990年,第683页。
③ 《论语正义》卷十八《卫灵公》,第627页。
④ 王先谦撰,沈啸寰、王星贤点校:《荀子集解》卷八《君道》,北京:中华书局,1988年,第233页。
⑤ 刘向撰,向宗鲁校证:《说苑校证》卷六《复恩》,北京:中华书局,1987年,第126—127页。
⑥ 《说苑校证》卷五《贵德》,第96页。
⑦ 贾谊撰,阎振益、钟夏校注:《新书校注》,北京:中华书局,2000年,第250页。

美,比之简略地宽恕其罪过,更能使臣子改过自新、精忠报国,实现君臣一心,正所谓阴德必有阳报也。宽容之余,尚有荫蔽之妙,保全臣子的尊严,最终君主也将获益匪浅。

楚庄王已不仅是君主的道德楷模,其举措也包含值得汉室帝王效仿的政治智慧:外为宽敬,内为包庇,实为容忍。退一步海阔天空,"宽"不单是形而上的道德理念,韩婴以精妙的帝王之术丰富了其内涵:君主们不妨尝试更包容、更重臣子体面而更灵活地处理与臣子的冲突,加强君臣之间的情感联系,以提高君臣间的亲密度,进而巩固臣子的忠诚度,维持政权的稳定。

汉文帝之时,淮南王骄横而无所顾忌,文帝无力约束,只得一直纵容,其事不再详述。但当淮南王被牵连入棘蒲侯太子谋反一案时,文帝一怒之下,欲废其王爵之位,贬谪蜀地。袁盎上书进谏:"陛下素骄淮南王,弗稍禁,以至此,今又暴摧折之。淮南王为人刚,如有遇雾露行道死,陛下竟为以天下之大弗能容,有杀弟之名,奈何?"①袁盎认为,冰冻三尺非一日之寒,淮南王目中无人已非一时半刻,文帝突然一改素日纵容之态而严惩不贷,淮南王心高气傲,一旦不堪折辱命丧于此,文帝便要背负杀害兄弟的恶名,得不偿失。文帝不听袁盎之谏,最终,其事果如袁盎所言,文帝悔之"以不用公言至此"。

如前所论,高祖至文景时期,军功地主在内,诸侯藩王于外,互不相服又一并势凌中央,数位帝王皆无力相抗衡。淮南王之事虽更为严峻,与韩婴援引的楚庄王巧恕绝缨者之事仍殊途同归,其内核都是君主当如何对待有过之臣,避其锋芒而徐徐图之,可能有意料之外的收效。存以颜面,免以刑罚,楚庄王换来了耿耿忠心。文帝如以退为进,不施以重罚,或许能保全淮南王的性命,从而使自己不致背负不悌之名,更能使各诸侯王无唇亡齿寒之忧虑。

---

① 《史记》卷一百一《袁盎晁错列传》,第 2738 页。

　　文帝十二年,民间即有歌谣,歌淮南厉王曰:"一尺布,尚可缝;一斗粟,尚可舂。兄弟二人不相容。"①各诸侯王军事、经济实力均远胜中央,如有兔死狐悲之心,再生废立之念,文帝未尝不可能成为下一个少帝。韩婴身为文帝的博士,其论显然针对汉初政治局势有感而发,为帝王谋之。

　　而积阴德以得阳报、隐行以获昭名的论点,也不光存在于儒家思想中。《文子·上德》:"夫有阴德者必有阳报,有隐行者必有昭名。"②《淮南子·人间训》亦有:"夫有阴德者必有阳报;有阴行者必有昭名。"③可见这一观点在汉初,同为各家学者所重。

　　作为儒者的韩婴重申这一理念,提出讲究政术分寸的君主道术之参考,与其树立各种臣子之道的方法同气连枝。二者都选择了儒家学说与时兴的黄老道家学说的共通之处,以加强观点的适用性,减少在汉初这一儒生独木难支的特殊时期,儒家学术传播与接受的阻力。结果也证明,这种学术有其生存空间。韩婴能得文、景、武三朝重视,韩诗学派在三家诗的竞争中不落下风,其与时俱进、不拘一格的儒术,当居一功。

二、《韩诗外传》对"兴灭国继绝世"的继承与发展

　　古者天子为诸侯受封,谓之采地,百里诸侯以三十里,七十里诸侯以二十里,五十里诸侯以十五里。其后子孙虽有罪而绌,其采地不绌,使子孙贤者守其地,世世以祠其始受封之君。此之谓兴灭国继绝世也。《书》曰:"兹予大享于先王,尔祖其从与享之。"④

---

① 《汉书》卷四十四《淮南衡山济北王传》,第 2144 页。
② 王利器:《文子疏义》卷第四《上德》,北京:中华书局,2000 年,第 302 页。
③ 刘文典撰,冯逸、华侨点校:《淮南鸿烈集解》卷十八,北京:中华书局,1989 年,第 596 页。
④ 《韩诗外传集释》卷八,第 287—288 页。

韩婴指出,诸侯王受封之后,即使其子孙获罪被罢黜,也不应全体剥夺祖传的采邑。贤德的子孙们,应当继承其祖先的采邑,以祭祀最初受封的诸侯王。这种使本该被灭亡的国家得以复兴,使本应断绝后裔的世家得以延续,是明君应有之德行。各种儒家经典中,都不断盛赞这一延续血脉的善行德政。《论语·尧曰》中,孔子列举由尧舜禹传承而来的明君治世之举措,继而曰:"兴灭国,继绝世,举逸民,天下之民归心焉"①。又如《尚书大传·高宗肜日》:"思昔先王之政,兴灭国,继绝世,举逸民,明养老之礼,重译来朝者。"②《礼记·中庸》也明言:"继绝世,举废国,治乱持危,朝聘以时,厚往而薄来,所以怀诸侯也。"③《汉书》亦有"是以内恕之君乐继绝世,隆名之主安立亡国"④之语。明主"兴灭国、继绝世",罪不及子孙,与今文经《公羊传》之"君子之善善也长,恶恶也短,恶恶止其身,善善及子孙"⑤亦同。

春秋战国时期,儒家以尚德崇礼、巩固以血缘维系的政治秩序为出发点,将怀柔远人式的天子诸侯关系视为明君的典范,本于宗法制之精髓。秦汉政治风气为之一变,宗法制的影响退去,而自汉兴至武帝,从异姓王到同姓王,分封形式依然残存,汉初诸儒也顺理成章地发扬了这种由春秋礼乐文明孕育出来的儒家贤君准则。韩婴引之,《说苑》之《君道》与《敬慎》篇中亦沿用之。《说苑·贵德》更丰富了《尧曰》中"百姓有过,在予一人"的内容,讲述了武王克殷后,周公建言:"使(商人)各居其宅,田其田,无变旧新,唯仁是亲,百姓有过,在予一人!"⑥

① 《论语正义》卷二十三,第764页。
② 《尚书大传》卷三,影印复旦大学图书馆藏清光绪二十二年刻师伏堂丛书本。
③ 朱熹:《四书章句集注》,《中庸章句》,北京:中华书局,1983年,第28页。
④ 《汉书》卷十六《高惠高后文功臣表》,第529页。
⑤ 李学勤主编:《公羊传注疏》卷第二十三,《昭公二十年》,北京:北京大学出版社,第511页。
⑥ 《说苑校证》卷五《贵德》,第99页。《论语》载此言出于武王,《说苑》则记于周公名下。出言者有异,但二书所载此言所对之事同,应当均为武王灭商后如何处理商人后裔的决策。

韩婴更在评价文王维持统一而稳定的政权时,将之归功于文王"谨其礼节袄、皮革,以交诸侯;饰其辞令币帛,以礼俊士;颁其爵列、等级、田畴,以赏有功"①,肯定其犒劳功臣,大行分封、赏赐的作用。

故而从政治理念上,汉室帝皇如能效法三代先王,以德以礼、善待宽待汉初诸侯王,定能团结诸王、凝聚地方之心,此当为韩婴之意。这与前文中,韩婴力促君臣密切情感关系,和谐共处以维持现状,稳定秩序的目标是一致的。在刘长死后,文帝追谥他为厉王,"立其子三人为淮南王、衡山王、庐江王",②也正与这一理念的相契合。

此外,本章所引《书》出自《尚书·盘庚》,与下文并云:"兹予大享于先王,尔祖其从与享之。作福、作灾,予亦不敢动用非德。"③大享,《礼记》作"大飨",指盛大的祭祀。顾颉刚认为,盘庚自谦,不敢加诸非其分的赏罚。《孔丛子·论书》中,季桓子向孔子请教这句话的深意,孔子曰:"盘庚举其事以厉其世臣,故称焉。"④皮锡瑞在《今文尚书考证》中按曰:"伏生、韩太傅之说与古文不同,证之以董子书,则采地不黜,使其子孙贤者守之,即附于诸侯之附庸。其先百里之国,其后为称字之三十里。其先七十里之国,其后称名之二十里。其先五十里之国,其后为称人氏之十五里。其数正合。"⑤由是观之,韩婴引《书》为证,认同了恰如其分的惩罚方式是缩小其封地的范围,从而削弱诸侯王们的力量,达到小惩大戒的目的。汉初诸侯王各行其是,无惧中央之令,不畏皇帝之威,其错当论罪处,不可尽数。济北王之反、吴王之慢、历代淮南王之骄,其过历历在目。文帝罢黜并迁谪淮南王致其不幸身亡,足见严厉的政

---

① 《韩诗外传集释》卷三,第 82—83 页。
② 《史记》卷十《孝文本纪》,第 426 页。
③ 顾颉刚、刘起釪:《尚书校释译论》,北京:中华书局,2005 年,第 944 页。
④ 《文子疏义》卷第二,第 78 页。
⑤ 皮锡瑞撰,盛冬铃、陈抗点校:《今文尚书考证》,北京:中华书局,2009 年,第 208 页。

策不是处理汉初诸侯问题的良方，也不符合文帝本人的预期。因而，韩婴援三代先王为由，有的放矢地提出这一建议，在实践层面上，以存诸侯之名，行亡诸侯之实，当为其意之二。置诸汉初，韩婴这一措施，堪称对症下药。

韩婴之所以用三代圣王之名虚与委蛇，行柔和之术，缓慢地削弱诸侯王的权力，或许缘于其对物极必反的恐惧。《韩诗外传》章十二中，韩婴引《郑风·大叔于田》，佐证颜渊与鲁定公论证时所论，"兽穷则啮，鸟穷则啄，人穷则诈。自古及今，穷其下能不危者，未之有也。《诗》曰：'执辔如组，两骖如舞。'善御之谓也"①，说明君主御下之道，宽严相济，不可逼之太甚、赶尽杀绝。飞鸟走兽走投无路尚且反咬一口，人若穷途末路，也难免孤注一掷。诸侯王桀贪鹜诈、兵强马壮，韩婴此举，无非劝谏皇帝以保太平安定为念，暂容诸侯王，以免其孤注一掷、铤而走险，乃至有玉石俱焚之念。文帝初年，以刘章、刘兴居等人曾谋立齐王为帝之名，直接降低其封王的等级，缩小其封地面积，诸王皆存不满。刘章死后，济北王刘兴居借文帝亲征匈奴之际起兵谋反。文帝只得从太原赶回长安，并借棘蒲侯之力平定了本次叛乱。殷鉴不远，而纵使"薄太后及太子诸大臣皆惮厉王"②，还是因棘蒲侯再次生乱，并牵涉淮南厉王，进而引发了淮南厉王因流放而死于途之悲剧。蝴蝶效应式的藩王之乱不断为文帝敲响了警钟。韩婴在此循循善诱，强调宽柔以待臣子、退步以稳诸侯，无疑是盼望皇帝不重蹈覆辙。战端频起、对抗不停，只会反复消耗中央皇权本就捉襟见肘的力量，不利于社会稳定，更不利于维护大一统之下集权中央的统治。

文帝实际上也用行动贯彻了这一理论。"文帝悯济北王逆乱以自灭，明年，尽封悼惠王诸子罢军等七人为列侯。至十五年，齐文王又薨，无子。时悼惠王后尚有城阳王在，文帝怜悼惠王适嗣之

---

① 《韩诗外传集释》卷二，第45页。
② 《汉书》卷四十四《淮南衡山济北王传》，第2136页。

绝,于是乃分齐为六国,尽立前所封悼惠王子列侯见在者六人为王。齐孝王将闾以杨虚侯立,济北王志以安都侯立,菑川王贤以武成侯立,胶东王雄渠以白石侯立,胶西王卬以平昌侯立,济南王辟光以扐侯立。孝文十六年,六王同日俱立。"①无嗣之王得以绵延其嗣,众王子不因其父受过,这一政策持续经年,有裨于文帝维持诸侯王之间的平衡。

循序渐进地剪除诸侯王之羽翼,在汉初积极投身中央皇权的儒生群体之政见中,应当是一大共识。如文帝时淮南王杀审食其一案,袁盎谏曰:"诸侯大骄必生患,可适削地。"②结合其后袁盎反对文帝重罚淮南王涉棘蒲侯太子谋反之事,袁盎之谏言的关键,同在"适"之一字上。而将适度削弱诸侯这一理念表达最明确的,当属贾谊之"众建诸侯而少其力"。贾谊解释道:"欲天下之治安,莫若众建诸侯而少其力。力少则易使以义,国小则亡邪心。令海内之势如身之使臂,臂之使指,莫不制从,诸侯之君不敢有异心,辐辏并进而归命天子。"即只有削弱诸侯的实力,让他们较之皇帝便如手臂之于身体,手臂只能听从身体的命令,地方诸侯才能服从中央的统治。贾谊进一步详细说明了如何划分各诸侯的领地:"令齐、赵、楚各为若干国,使悼惠王、幽王、元王之子孙毕以次各受祖之分地,地尽而止,及燕、梁它国皆然。其分地众而子孙少者,建以为国,空而置之,须其子孙生者,举使君之。诸侯之地其削颇入汉者,为徙其侯国及封其子孙也,所以数偿之:一寸之地,一人之众,天子亡所利焉,诚以定治而已。"③其与韩婴引《书》为证中包含的缩小诸侯后人之采邑,当有同声相应之意。

当诸侯越封越多,爵位上次越来越广泛,权力越来越小,这些官爵禄秩的象征性会逐渐超越其实权。"大部分爵级明确充当了

① 《汉书》卷三十八《高五王传》,第 1997 页。
② 《史记》卷一百一《袁盎晁错列传》,第 2738 页。
③ 《汉书》卷四十八《贾谊传》,第 2237 页。

奖励官僚功劳的手段,因而其虽无行政职事,也不反映官僚的行政级别,却不失为当时官僚管理制度中一个引人注目的内容。"①徐复观在《两汉思想史》中认为,这种强干弱枝的理论,是由贾谊率先提出的。② 韩婴与贾谊学说的先后难以细究,但二人都为文帝博士官,都面对着汉初蠢蠢欲动的诸侯王,向文帝提供相似的解决方法是情理之中的。贾谊与韩婴的不谋而合也说明,这种软性切割诸侯实力的策略,有充分的可行性。

同样,韩婴在选择儒学中的传统观念时,依然考虑到了黄老道家为主流的汉初学术界与政治界的接受度。"继绝世,举废国"的观念,照旧兼容于黄老道家学说。如《文子·精诚》云:"举大功,显令名,体君臣,正上下,明亲疏,存危国,继绝世,立无后者,义也。"③又如《淮南子·俶真训》:"举大功,立显名,体君臣,正上下,明亲疏,等贵贱,存危国,继绝世,决挈治烦,兴毁宗,立无后者,义也。"④而《淮南子·主术训》"今人之才,或欲平九州岛,并方外,存危国,继绝世,志在直道正邪,决烦理挐"⑤,其意亦相类。这再一次说明,韩婴并未将儒家学术推向与黄老道家对立的立场,而是不断地寻求二者的共通之处,以使儒家学说取得更宽松的活动空间。韩婴以柔为本的儒术,不仅在具体思想内容上平和委婉,在方式方法上也始终如一地坚持着兼容并包、顺应时势的特色。

不同的环境,相似的问题,韩婴昭之以情义、德义,行之以策术,以一道而涵盖理论与实践上的双重意义。韩诗学博士能够在文帝年间,成为最早的独立科目学官之一,与韩婴及其学派巧袭儒家传统,学以致用、习儒术而知权变,用旧瓶装新酒式的儒家政治

---

① 楼劲、刘光华:《中国古代文官制度》,兰州:甘肃人民出版社,1992 年,第 467—468 页。
② 徐复观:《两汉思想史》(第一卷),上海:华东师范大学出版社,2001 年,第 103 页。
③ 《文子疏义》卷二,第 78 页。
④ 《淮南鸿烈集解》卷二,第 59 页。
⑤ 《淮南鸿烈集解》卷九,第 293 页。

谋略,提高自身在汉初政治格局中的竞争力,不可否认应有一定联系。

三、《韩诗外传》对法统、政统的维护

昔者司城子罕相宋,谓宋君曰:"夫国家之安危,百姓之治乱,在君行赏罚。夫爵赏赐予,民之所好也,君自行之;杀戮刑罚,民之所怨也,臣请当之。"宋君曰:"善。寡人当其美,子受其怨,寡人自知不为诸侯笑矣。"国人知杀戮之专在子罕也,大臣亲之,百姓畏之,居不至期年,子罕遂却宋君而专其政。故《老子》曰:"鱼不可脱于渊,国之利器不可以示人。"《诗》曰:"胡为我作,不即我谋。"①

子罕以臣子之身,专国之刑名法令,行国君之事;而宋君则听信其谗言,不以为忤反以为忠,听之任之,最终臣子胁迫了国君,专政于宋国。② 在其位则谋其政,韩婴批判子罕,明确反对这种僭越之举,恰如《小雅·十月之交》之章所云,不为君主筹谋,反而役使君主从中渔利。君主不能未雨绸缪,也无力反抗,只能受制于人。此事又见于《韩非子·外储说右下》,韩非子论法度柄于子罕,"大臣畏之,细民归之",其悖逆而"法不能禁也"③。法令乃国之利器,自秦始皇燔诗书而明法令,令皆出于君主一人,奠定了秦汉以来中央集权的大一统国家政权的根基。尽管汉代秉承这一原则,但自汉韩婴时的实际情况,却与理想截然相反。汉初黄老道家成了主

---

① 《韩诗外传》卷七,第 251—252 页。
② 周廷寀认为子罕为乐喜,又按《左传》考订,不同记载间存在时间冲突,判断此事为韩婴构陷。屈守元综《韩非子》《吕氏春秋》等,论证当有此事。详见屈守元《韩诗外传笺疏》,成都:巴蜀书社,1996 年,第 618 页。
③ 参见《韩非子集解》卷第十四《外储说右下》,北京:中华书局,第 335 页。《韩非子》记此事,作子罕杀其君,其余事同。《说苑·君道》与《淮南子·道应训》意同《韩诗外传》,不言杀。

流学说，无为而治才是君臣共识下的治世之术。韩婴为适应这样的政治环境，才乘势而上，逐步形成了极具个人风格的柔性儒术，宣扬臣子克己而君王宽仁。本章正是韩婴针对汉初情况，对其柔性儒术中君王与臣子权术博弈的关键补充。

韩婴并非不赞同文帝清静无为的政治立场。他对比宓子贱与巫马期治理单父的效率时，即重宓子贱而轻巫马期。宓子贱"君子矣，佚四肢，全耳目，平心气，而百官理，任其数而已"；巫马期"乎然事惟，劳力教诏，虽治犹未至也"。宓子贱境界更高，原因在于"我任人，子任力。任人者佚，任力者劳"。① 此足以证明，韩婴是支持文帝与黄老道家这种放权之下的无为而治的。只是君主时时当以子罕之事警惕于心，警惕这种放任，绝不能超出与君臣之名分相配的限度。

韩婴也为其理想的君主在任用能臣并善于控制其臣方面，设计了蓝图。

> 传曰：舜弹五弦之琴，以歌《南风》，而天下治。周平公酒肴不离于前，钟石不解于悬，而宇内亦治。匹夫百亩一室，不遑启处，无所移之也。夫以一人而兼听天下，其日有余而治不足，使人为之也。夫擅使人之权，而不能制众于下，则在位者，非其人也。《诗》曰："维南有箕，不可以簸扬；维北有斗，不可以把酒浆。"言有位无其事也。②

韩婴在此重申了位事、名实相符合的准则。平民百姓尚且不能将耕种犁田的农活交予他人，何况君王的国家法令政事，岂可借手他人。"夫擅使人之权，而不能制众于下，则在位者，非其人也。"如果不能辖制其臣，必然只是不合格的君主。正如"子曰'不在其

---

① 《韩诗外传集释》卷二，第 65—66 页。
② 《韩诗外传集释》卷四，第 135—136 页。

位,不谋其政',曾子曰'君子思不出其位'"①是也。此事亦见于《新语·无为》②,然而韩婴对"无为"的表达,较之更为谨慎。陆贾说"夫道莫大于无为","虞舜治天下,弹五弦之琴,歌《南风》之诗,寂若无治国之意,漠若无忧民之心,然天下治",突出了清静于心而淡化治国安邦的忧国忧民之虑,寻求无为之道,这是陆贾以道释儒的思想风格表征。韩婴的无为更倾向于术的层面,是以君臣各司其职为前提,以无为的概念为卖点,核心目标其实是明确无为的界限。君主的无为,是建立在将政权牢牢掌握在手中的基础上的,如果不以此为根基,王朝倾覆如子罕劫其君,轻而易举。

所以,虽然韩婴主张君主以谦慎宽厚为本,以柔为术,放权无为,温和地对待权臣与诸侯王,以免引发激烈的政治动荡。但子罕之流掌握逾越其分之权的能臣干将,便如同一把双刃剑,掌控得当时,君主以之得天下,若君主反受其制,危害亦不可小觑。如果臣子能如韩婴所愿,思与周公、蘧伯玉齐,而以季桓子等为鉴,尊君守分,则天下可至大同。如若不能,君主也必须提防,不可失权于臣,养虎为患,复为子罕之徒所困。"人主身行方正,使人有理,遇人有礼"③,理、礼具有节,故而为了稳定的大一统局面,君王示弱、示好以笼络权臣与诸侯王,向其让渡一定的权力与地位,但这种让渡必须有相应限度。

晁错上书文帝道:"今以陛下神明德厚,资财不下五帝,临制天下,至今十有六年,民不益富,盗贼不衰,边竟未安,其所以然,意者陛下未之躬亲,而待群臣也。"④点明了文帝之朝,群臣把持朝政,文帝之权受限的局面。地方诸侯王又"擅爵人,赦死罪,甚者或戴黄屋,汉法令非行也"⑤,其威势煊赫,远胜文帝。汉初君王的政治

① 《论语正义》卷十七《宪问》,第 587 页。
② 王利器:《新语校注》卷四,北京:中华书局,1986 年,第 59 页。
③ 黎翔凤撰,梁运华整理:《管子校注》卷二十,北京:中华书局,2004 年,第 1189 页。
④ 《汉书》卷四十九《袁盎晁错传》,第 2298 页。
⑤ 《汉书》卷四十八《贾谊传》,第 2234 页。

难题,恰似放大的子罕之劫。

令不从文帝出,权不归文帝处,君弱臣强引发了各种矛盾冲突。文帝一朝,虽以德化民、衣食滋殖,刑罚用稀,但朝中权臣的斗争从未停歇。袁盎与周勃、周亚夫的新仇旧恨,袁盎与晁错的誓不两立,周勃、灌婴、东阳侯、冯敬与贾谊的反目成仇,丞相申屠嘉与宠臣邓通的势同水火,还有审食其与两代淮南王的不共戴天,卫绾与时为太子的景帝刘启政见、性格皆不和的隐患,宠臣邓通也与太子纠纷不断,等等,文帝执政二十三年,实质上均未妥善处理其中任一关系。而文帝朝积累的这些权臣矛盾,几乎每一次爆发,都带来了严重的后果。审食其与两代淮南王的仇怨,是淮南王越权行事最终谋反的原因之一。宠臣邓通、周勃等人排斥贾谊,贾谊离京为王国太傅,文帝虽赏其才但其谏难以尽行,错过了缓解权臣与诸侯王之难的时机,为七王之乱的最终爆发埋下了引线。邓通、卫绾等前朝之臣与太子不和,于是在景帝登基之后,或被处死或被冷落,成为景帝朝紧张局面的前兆。袁盎与晁错的争端,更绵延至景帝朝,成为晁错之死的导火索,夹杂着七王之乱的风波,激化了更复杂的政治斗争。文帝受限于权臣,中央政令难行,致使大权旁落,其后果正如荀子所言,"无君以制臣,无上以制下,天下害生纵欲"[①]。韩婴显然对文帝时期,中央君主对政权的参与度、对权臣的干涉度过于不足的危机认识准确,才能在一边提倡君王有容乃大、清理隐患不竟于一刻的同时,以子罕之例警醒君王,权位之比,过犹不及。

韩婴在文帝朝一直为博士官,景帝时期才离开中央,担任常山王太傅。他对汉初中央进退维谷的政治局面,烛照数计,了然于心。于是韩婴以其凭借深厚的儒学积累与清醒的政治头脑,笔削褒贬,引经据典,形成了其避锋芒、能屈伸,怀柔为本但立场坚定的

---

① 《荀子集解》卷十《富国》,第 176 页。

儒术,在儒学与中国传统政治文化的结合上,留下了精彩一笔。

四、《韩诗外传》特有的以"情"解"礼"思想

> 嫁女之家,三夜不息烛,思相离也。取妇之家,三日不举乐,思嗣亲也。是故昏礼不贺,人之序也。三月而庙见,称来妇也。厥明见舅姑,舅姑降于西阶,妇升自阼阶,授之室也。忧思三日,不杀三月,孝子之情也。故礼者,因人情为文。《诗》曰:"亲结其缡,九十其仪。"言多仪也。[①]

此论亦见于《礼记·曾子问》与《礼记·昏礼》。婚礼不敬贺,是为了体谅女方家的别离之悲与彰显男方家传承后嗣的郑重。韩婴借此直接提出了他对"礼"的定义,礼仪的规范条例,都是为了顺应人情的悲欢喜怒。婚礼如此,丧礼亦然。韩婴以丧礼进一步阐释了情与礼之间的联系。"丧祭之礼废,则臣子之恩薄,臣子之恩薄,则背死亡生者众。"[②]礼是充满情感的行为,通过这种行为,可以拉近君臣双方的恩义、感情,从而密切双方现实层面的联系,令臣子愿为之舍生忘死。臣子忠诚于君主,是稳定政治统一的基石。韩婴多次强调,"礼者则天地之体,因人情而为之节文者也"[③],与儒家在"礼"的内涵中倾注的道德修养或等级秩序不同,韩婴的"礼"充满了感性的特征,强调满足人的需求,体会人的情感,当是对儒家和谐社会、人际关系之定义的一种发展。"虽公卿大夫之子孙也,行绝礼仪,则归之庶人。遂倾覆之民,牧而试之。虽庶民之子孙也,积文学,正身行,能礼仪,则归之士大夫。"[④]礼已经摆脱了春秋战国时期伴随血缘而来的天然等级象征,成为可习得的一种能力。

---

① 《韩诗外传集释》卷二,第 76—77 页。
② 《韩诗外传集释》卷三,第 94 页。
③ 《韩诗外传集释》卷五,第 178—178 页。
④ 《韩诗外传集释》卷五,第 166 页。

在韩婴的理论中,情与礼的关系十分紧密,因情成礼,礼乃顺乎情、应乎人。韩婴详尽地铺陈了情发展到礼的逻辑。"爱由情出谓之仁,节爱理宜谓之义,致爱恭谨谓之礼,文礼谓之容。"①由情感而发的爱,如果节制且合理,就称为义,如果恭敬而慎重,则是礼。符合礼节的法度,才能治理天下,为万世之本。"礼者,治辩之极也,强国之本也,威行之道也,功名之统也,王公由之所以一天下也。不由之,所以陨社稷也。"②"由之则治,失之则乱,由之则生,失之则死。"各种行为、各种政治策略,由礼而出,则行之有效则天下一统、政通人和、海晏河清。反之,则乱生。"凡用心之术,由礼则理达,不由礼则悖乱。饮食衣服、动静居处,由礼则和节,不由礼则垫陷生疾。"③

韩婴强调,民之情"失之则乱,从之则穆。圣王之教其民也,必因其情而节之以礼,必从其欲而制之以义。义简而备,礼易而法,去情不远,故民之从命也速"④,即圣王令臣民归附的主要手段,是顺应其"情",制定社会规则。这种由情而产生的礼,是君主维持统治的根本。"礼义修明,则君子怀之。故礼及身而行修,礼及国而政明。能以礼扶身,则贵名自扬,天下顺焉,令行禁止,而王者之事毕矣。"⑤可见修礼,是圣王令天下归心的必经之路。"仁刑义立,教诚爱深,礼乐交通故也。"⑥"修礼者王,为政者强。"⑦权臣、诸侯王之叛,是汉初君主的心腹之患。见贤思齐,汉初君王自当效之,以顺情之礼御下。此与韩婴前以楚庄王巧释绝缨者为例,谏蒲鞭之罚,其义一也。

在韩婴的定义下,与主动引导、以情感之礼相对的,是被动惩

---

① 《韩诗外传集释》卷四,第153页。
② 《韩诗外传集释》卷五,第137页。
③ 《韩诗外传集释》卷一,第7页。
④ 《韩诗外传集释》卷五,第184页。
⑤ 《韩诗外传集释》卷五,第189页。
⑥ 《韩诗外传集释》卷四,第142页。
⑦ 《韩诗外传集释》卷三,第89页。

戒、以恐惧慑之的刑。韩婴批判君王不以礼治民,而以刑诫之的行为,"哀其不闻礼教而就刑诛也。夫散其本教而施之刑辟,犹决其牢而发以毒矢也,不亦哀乎!……昔者先王使民以礼,譬之如御也。刑者,鞭策也。今犹无辔衔而鞭策以御也,欲马之进,则策其后,欲马之退,则策其前,御者以劳而马亦多伤矣。今犹此也,上忧劳而民多罹刑"①。韩婴用养马为喻,鞭策则令统治者辛劳、令臣民受难而多惊惧。论治国之道,行严刑峻法是两败俱伤的下策。韩婴相信,"夫贤君之治也,温良而和,宽容而爱,刑清而省,喜赏而恶罚。移风崇教,生而不杀,布惠施恩,仁不偏与,不夺民力,役不俞时"②。这与韩婴赞同汉初与民休息、无为而治,文帝轻徭薄赋又废除多种酷刑的立场,都是一致的。"孝文皇帝除诽谤,去肉刑,躬节俭,不受献,罪人不帑,不私其利,出美人,重绝人类,宾赐长老,收恤孤独,德厚侔天地,利泽施四海,宜为帝者太宗之庙。"③韩婴之说,乃顺应汉初政治境况而为,此为一证。

韩婴为礼丰富了情感的内涵后,将他所看重的道德质量进一步与礼相联系。韩婴曾以周公等人论忠,激励臣子忠诚之心,此处又言"忠易为礼,诚易为辞,贤人易为民"④,取上古圣人亦如此而已。子曰:己所不欲,勿施于人。韩婴主张君臣设身处地、换位思考,"故为人父者则愿以为子,为人子者则愿以为父,为人君者则愿以为臣,为人臣者则愿以为君"⑤,这种将心比心、以情相感的谆谆教诲,再次响应和解释了韩婴的以"情"解"礼"。

韩婴以"情"入"礼",在情感之外,还补充了另一重内涵。韩婴曰:"目欲视好色,耳欲听宫商,鼻欲嗅芬香,口欲嗜甘旨,其身体四肢欲安而不作,衣欲被文绣而轻暖。此六者,民之六情也。"简而言

---

① 《韩诗外传集释》卷三,第107页。
② 《韩诗外传集释》卷八,第291页。
③ 《汉书》卷七十三《韦贤传》,第3118—3119页。
④ 《韩诗外传集释》卷四,第137页。
⑤ 《韩诗外传集释》卷二,第50页。

之,情即所欲也。依上韩婴之论,臣民之欲成,则其情顺;其情顺,则天下治。君王应当满足百姓的基本生存之欲,是其口腹之享,上升到政治秩序的层面,君主需要满足的臣子的欲望,也是如此。韩婴借孔子论文王点明:"节袂、皮革,以交诸侯;饰其辞令币帛,以礼俊士;颁其爵列、等级、田畴,以赏有功。"①这不仅是韩婴对汉初应用分封形式稳定政治秩序的肯定,也是韩婴对军事、经济实力上均难以与军功权臣或同姓叔伯兄弟匹敌的中央皇权,只能通过封赏犒劳满足其物质之欲、交换其有限忠诚度的无奈。

儒家追求修身、齐家、治国、平天下,这每一个阶段,都离不开礼之本。"故自天子无礼则无以守社稷,诸侯无礼则无以守其国,为人上无礼则无以使其下,为人下无礼则无以事其上。大夫无礼则无以治其家,兄弟无礼则不同居。人而无礼,不若遄死。"②韩婴反复重申礼对于国家秩序与君主统治的重要性:"人无礼则不生,事无礼则不成,国无礼则不宁,王无礼则死亡无日矣。"③"在天者莫明乎日月,在地者莫明于水火,在人者莫明乎礼仪。……礼义不加乎国家则功名无白。故人之命在天,国之命在礼,君人者降礼尊贤而王。"④在韩婴看来,国家兴衰存亡,礼为关窍。明确了这个前提,韩婴不厌其烦地强调礼之效用,其因便不言而喻:借儒家核心概念,扩展其中情与欲的新内涵,为他所主张的宽仁为表、警戒为里的柔和策术提供充足的理论支持。

韩婴的论说,从阴阳引出君臣尊卑,从祭祀引出侯王之分等,均明显从属于"礼"的范畴内。春秋礼乐文明,最核心的内容就是礼制。既托春秋之制,儒家先师们,往往各自以其立场,延伸"礼"的不同侧面,并不拘泥于某一解释:孟子发挥礼之仁敬,荀子弘扬

① 《韩诗外传集释》卷三,第82—83页。
② 《韩诗外传集释》卷九,第313页。
③ 《韩诗外传集释》卷一,第8页。
④ 《韩诗外传集释》卷一,第6页。

礼之节序。韩婴为适应其柔性训导的方法论,名之为:"礼者,因人情为文",足以自圆其说。"礼者,因时世人情为之节文者也。故夏、殷、周之礼所因损益可知者,谓不相复也"①,以情释礼,情随心动,礼随时变,更便于针对汉初的情况,调节其内涵与外延,使之更好地为韩婴"礼"所统摄的政治学说服务。

"西周以来的礼文化发生了一种由'仪'向'义'的转变,从礼仪、礼乐到礼义、礼政的变化,强调礼作为政治秩序原则的意义。从而,'礼'越来越被政治化、原则化、价值化、伦理化。"②韩婴对礼的引申和运用,正是将其世俗化、政治化,从道德层面引入实践层面,从为"道"服务,变为为"术"服务。

汉初的君王与权臣、中央与地方之间的矛盾一触即发,但文帝时期,这些矛盾仍然整体处于引而不发的状态,小冲突不断,大斗争尚无。韩婴深知,以其时中央之力,根除隐患绝非一朝一夕之事。与春秋战国时期相似的格局,启发了韩婴的慧心妙论。既无如秦倚仗刀兵之利一劳永逸的快捷方式,韩婴便从春秋礼乐文明政治环境中汲取养料,刚不能胜则以柔克之,力不能敌则以情化之。"何谓道德之威?曰:礼乐则修,分义则明;举措则时,爱利则刑。如是,则百姓贵之如帝王,亲之如父母,畏之如神明。故赏不用而民劝,罚不加而威行,是道德之威也。何谓暴察之威?曰:礼乐则不修,分义则不明,举措则不时,爱利则不刑,然而其禁非也暴,其诛不服也繁,其刑罚繁而信,其诛杀猛而必,暗如雷击之,如墙压之。百姓劫则致畏,怠则傲上,执拘则聚,远闻则散。非劫之以刑势,振之以诛杀,则无以有其下,是暴察之威也。"③这一番"道德"与"暴察"之政的对比,近乎汉初政治局面的缩影。因此,韩婴

---

① 《史记》卷九十九《刘敬叔孙通列传》,第 2722 页。
② 陈来:《古代思想文化的世界》,北京:生活・读书・新知・三联书店,2002 年,第 214 页。
③ 《韩诗外传集释》卷六,第 233—234 页。

对君臣双方的建言献策,都本之而发。韩婴的政论,从概念中的名分、道义到实践中宽松的政策、让步的分寸,都是韩婴以三代、春秋的前贤为名,打造出的柔性工具,试图借此"感化"妄自尊大、胡作非为的权臣与诸侯王,指引跋前疐后、举步维艰的汉朝帝王。这一准则,也贯穿在韩婴整体的学术思想之中。

　　韩婴多方协调汉初主弱从强的君臣关系,约束臣子以襄君王,对君臣双方都提出了相应要求。韩婴希望臣子能安分守己、不矜不伐;君主能休休有容、匿瑕含垢,共同构建平衡的政治局势,维系稳定的大一统政权。为了达成这一目标,韩婴以先贤为例,晓之以理;宣扬道德礼义,动之以情,双管齐下。而无论对哪一方喻理晓情,韩婴都尽力圆融地暗示问题关键,隐晦地提出处理方式,从而使得其儒术呈现出柔和的整体风貌。

结　语

　　春秋战国百家争鸣,为治乱世,诸子各尽其能,花样百出。战国之前只有种族观念,并无一统观念。[①] 治乱世用重典,重效率、轻等级的法家自然应运而受到欢迎。秦一统六国,也证明了法家道术的实用性。但自秦完成中国的政治统一后,统一的理想逐渐成为常情,分裂成了变态。即使在分裂的时期,人心仍然趋向统一,[②]政权私有化成为共识。纵然数十年间,高祖之异姓王、少惠帝之诸吕、文帝之济北王、景帝之七王等叛乱接踵而至,汉初的社会也已经逐渐产生了这种渴望统一的心态。故于帝王而言,单纯依靠严厉的法家或者清静的黄老道家,并不能维持长治久安,更不易维持其至高无上的绝对地位。稳定的政治格局与尊卑鲜明的政

---

① 顾颉刚:《古史辨自序》,北京:商务印书馆,2017 年,第 17 页。
② 这种统一的深入人心相当罕见,即使只是一个流亡的朝廷,人们仍然渴望其达成政治一统。黄仁宇称之为中国政治的早熟。详见黄仁宇:《秦始皇》,《赫德逊河畔谈中国历史》,北京:生活·读书·新知三联书店,1997 年。

治秩序显然更需要立足长幼有序、尊卑有等的儒家思想丰富其统治意识形态的内涵,为之固定阶层结构、巩固政权统一。[①]

中国社会意识形态中价值符号的权威性并非一成不变,它们对当时行为的相对影响是动态变化的。[②] 儒家学说自春秋至西汉之变,正式开启了这种符号内涵变迁的学术模式。韩婴"复古"地重新引春秋时期的君王之术来应对汉朝时事,并非出于对黄金时代的怀念,而是针对汉初分封与郡县混合的政治特点,博采众家之长,为传统儒学中的概念——赋予了全新的价值。正如费正清评价汉初的儒家思想,宛如一锅大杂烩。法家思想营造的秦汉政治框架为儒家思想创造了一个适合发展的稳定空间,而扩容后的儒家思想,则使法家的帝国稳如磐石。[③]

"诸侯之横,横于王权之不立;王权之不立,以喜怒任匪德,加诸侯而丧其道也。"[④]韩婴率先垂范,重提礼乐文明,反映在对群臣与诸侯王的要求中,是将阴阳大序与儒家礼义、伦常、尊卑初步联系起来;将春秋时期家臣与国君这一同姓家族内部权力结构的划分,比拟汉初同姓王与中央帝王之间的权力分配;将国之大事祭祀反映的春秋诸侯与天子间的地位高下,对应汉初诸侯王与皇帝在政治生活中的权力次第。反映在对君主的劝谏中,则是树立春秋贤王的典范,规劝皇帝宽厚地处理君臣间的摩擦,但退让须有节制;并且重视从情感上笼络臣子。韩婴使儒学旧貌焕发全新的生机。他兼收并蓄、应时而变、经世致用的儒术,从中可窥一斑。

韩婴作为儒生,深知西汉儒学缺乏支持,势单力薄。如果像春

---

① 随着战乱纷争时代的结束,政权的稳定性越来越维系于统治阶层与科层精英,以及科层精英与普通民众之间的常规性合作。此时儒家思想立刻就变成了极具吸引力的、能够为统治阶层及社会精英群体所共同接受的意识形态。赵鼎新:《东周战争与儒法国家的诞生》,上海:华东师范大学出版社,2011 年,第 161 页。

② 参见费正清著,郭晓兵等译:《中国的思想与制度》,北京:世界知识出版社,2003 年,第 51 页。

③ 费正清:《费正清中国史》,长春:吉林出版集团有限责任公司,2015 年,第 72 页。

④ 王夫之:《船山全书》第五册《春秋世论》,长沙:岳麓书社,1988 年,第 388 页。

秋战国时期诸子百家论争一样,一边与意见相左者为敌,一边向君王宣传说教,必将腹背受敌,事倍功半。于是,韩婴将汉初共识性强的部分黄老道家、法家的思想,融入他的儒学,提高其儒学的接受度。两汉一直保持春秋时期学术论辩的传统,韩婴不希望其实用之术,因学理上的争端,消耗于无尽的口舌之争中。无独有偶,汉初的儒家,如陆贾、贾谊等,都采用了这一方法,增强其学术的适用性,使之更易推广与传播。这种方式,比董仲舒明目张胆地吸纳阴阳家学说改造儒学,更为巧妙含蓄。

韩婴作为最早的专经博士之一,主要活动在文帝时期的中央政权中。景帝时,韩婴出任常山王太傅,教导年幼的诸侯王,其学在地方也许得以推广了。“然文帝本修黄、老之言,不甚好儒术,其治尚清静无为,以故礼乐庠序未修,民俗未能大化,苟温饱完给,所谓治安之国也。”[①]韩婴的尝试也许收效甚微,但韩诗在两汉的传承未断,在五经博士成为定制后也并不弱势,韩婴本人更是在武帝时期再回中央,与董仲舒,凭学术分庭抗礼。韩婴堪称将儒家思想推向政治前沿的先驱者之一。从此儒家思想逐渐入侵汉代政治意识形态,在春秋决狱、察举制、立嗣正统等制度上走向了汉时的巅峰。

---

① 应劭撰,王利器校注:《风俗通义》卷二,《正失·孝文帝》,北京:中华书局,1981年,第97页。

第四章 《韩诗外传》中孝先于忠、君父一体的政治智慧

在儒家价值观念中，"孝"是君子应有的基本伦理和道德准则。儒家历来关注对"孝"的定义和要求，从孔子的"事父母几谏，化志不同，又敬不违，劳而不怨"，到孟子的"老吾老以及人之老"，从《孝经》的"不爱其亲而爱他人者，谓之悖德"的表述，到贾谊"子爱利亲谓之孝，反孝为孽"的观点，儒家对孝的解读内涵丰富、层次多样。

然而，在儒家的论述中，这种基于先天血缘的人伦道德价值标准，与围绕后天等级所形成的政治道德价值准则之"忠"，也是密不可分的。诸如孔子曾说"其为人也孝弟，而好犯上者，鲜矣"；《礼记·祭统》指出"事君不忠非孝也，在官不敬非孝也"；《大学》中有"孝者，所以事君也"之论；《大戴礼记·曾子立孝》也认为"孝子善事君"；《孝经·广扬名章》更直言"君子之事亲孝，故忠可移于君"。由此，大致可以一窥早期儒家思想中，忠与孝之间千丝万缕的联系。

更为重要的是，儒家的忠君思想在一定程度上是借助孝道来构建的。政治经验尚不丰富的君子初出茅庐，"知事父而不知事君，所以要从其所已知而推其所未知，才会强调事君与事父有共同的道德情感"①。春秋战国时期，分封制下的"国"与"君"、世卿世

---

① 陈壁生：《古典政教中的"孝"与"忠"——以〈孝经〉为中心》，《中山大学学报》(社会科学版)，2015年第5期。

禄制下的"家"与"臣"是一体的两面,难以完全切割,而儒家主张的修、齐、治、平,则不仅足以让君子循序渐进,也可避免二者的矛盾和冲突。这种忠君爱国的政治道德,将君臣关系的情感与规则嫁接在了血缘人伦之上,"早期中国宗法结构在政治关系中有重要作用,因而'忠'的意义很早就与'孝'的观念有所结合"①。不过,当秦汉大一统的政治体制逐渐形成,宗法制与礼制下的家国同构的政治形态相应消退,君与父、国与家、臣与子等概念也随之拆分,忠与孝的从属对象与行为规范从而渐趋背离。新形势下的君主既依赖毫无亲缘关系的臣子的忠诚度来集中权力,又仰仗臣民在家庭中的孝悌礼义来维护政权与社会稳定,于是进一步加剧了忠孝之间的紧张关系,甚至波及政治道德与个人道德之间的矛盾冲突。

面对这种境况,儒门中人自然也调整了关于"忠""孝"概念的定义和标准。他们在扬弃先师先贤观点的基础上,展开了更富有时代意义的论述。② 韩婴是西汉初年地位较为突出的儒生之一,他顺势而为,对孝之义作出了既在儒家经典中有迹可循,又顺应时代趋势的独特、新颖的诠释。

两汉俱以"孝"治天下,大行"孝"道,而在《韩诗外传》中,韩婴对孝的一系列推重可谓有目共睹③。韩婴试图通过推崇孝,解决汉初诸侯王对中央政权的不忠问题。除对君臣双方的规劝以外,韩婴针对汉初环境扩展了"孝"的内涵,树立了一个双方皆适用的核心理论,以便将忠孝连接,既维护中央皇权的尊严,又对诸侯王

---

① 王子今:《"忠孝"与"孝忠":中国道德史的考察》,《长江师范学院学报》,2015年第2期。
② 有学者认为"忠"的政治道德正是从儒家普遍的个人道德关系中缩减而来,这种变化倾向,在春秋战国时期业已出现。如佐藤将之:《国家社稷存亡之道德——春秋、战国早期"忠"和"忠信"概念之意义》,《清华学报》,2007年第1期;白奚:《先秦儒家伦理思想的转向:以"忠"观念为中心的思想史考察》,"简帛资料研究工作会议"论文,2008年6月19日。
③ 徐复观曾指出,孝的问题是《韩诗外传》的四大核心问题之一。详见徐复观《两汉思想史》,上海:华东师范大学出版社,2001年,第24—26页。

的僭越稍加约束。

《韩诗外传》的内容,前四卷与后六卷分野明显。学界曾以此争论,是否成书之时,将内传四卷与外传六卷合而为一,呈现出今日十卷本的新样貌。内外传问题未有定论,单从编次目录的角度分析,可将之视为两个部分对待。第一部分第一条,以曾子之孝论孝先于忠,第六章也即第二部分的第一条,讲比干之忠。两处开篇相和,韩婴在其书中寄托的移孝作忠、孝必先于忠、重孝而不忽视忠的立场不言自明。

韩婴以春秋先贤旧例垂范时人,博采众长,不仅重点表达了他对孝之内涵的理解,同时也将自己关于孝道的要求充分融入其中,宣扬事亲先于事君,并以此为基础逐渐建立了富有柔性的个人学术体系。韩婴身为博士官,将这一特色鲜明的学说作为基础,将其对汉初政治问题的建议容纳其中,为皇帝备以策术,既切合其身份,又针对了汉初皇权的肘腋之患,充分展现了韩婴的儒术之巧慧与政治之远见卓识。

一、从"不择官而仕"到君亲先后之论

> 曾子仕于莒,得粟三秉,方是之时,曾子重其禄而轻其身;亲没之后,齐迎以相,楚迎以令尹,晋迎以上卿,方是之时,曾子重其身而轻其禄。怀其宝而迷其国者,不可与语仁;窘其身而约其亲者,不可与语孝;任重道远者,不择地而息;家贫亲老者,不择官而仕。故君子桥褐趋时,当务为急。传云:不逢时而仕,任事而敦其虑,为之使而不入其谋,贫焉故也。《诗》云:"夙夜在公,实命不同。"①

韩婴在《韩诗外传》第一章第一条中开门见山,讲述了这样一

---

① 《韩诗外传集释》卷一,第1页。

个故事：曾子以高堂老母尚在，"重其禄而轻其身"，在莒为官；亲没之后，方"重其身而轻其禄"，出仕齐国。韩婴借曾子之事，开宗明义地提出"家贫亲老者，不择官而仕"的观点。也就是说，韩婴认为曾子因老母在堂，以俸禄而不以仕途的道义来择官，乃属事从权变；而在事亲为第一要务下，"不择官而仕"也是合理而且正当的。

在儒家经典中，君子出仕的标准是相当明确的，如"学而优则仕"[①]"邦有道则仕"[②]"君子之仕也，行其义也"[③]等。如果君主无道，君子就应当耻于食其俸禄，如"邦有道，谷；邦无道，谷，耻也"[④]；甚至对君主倚仗高爵丰禄招徕贤能也有所嘲讽，如"今徒以高官厚禄钩饵君子，无信用之意。公仪子之智，若鱼鸟可也"[⑤]。对君主来说，招揽并尊重贤才，正确的做法是"去谗远色，贱货而贵德"[⑥]。而从儒家对君子修养的要求来说，也是反对过度重视爵禄的，如《荀子·儒效》云"无爵而贵，无禄而富"[⑦]，则正是君子被人尊重的原因之一。但是，在提倡君主需要有道德仁义，而非仅以高官厚禄招徕臣属的前提下，君子的取舍也并非不可据其所处具体情况而有所例外。曾子认为孝道有三，"其下能养"[⑧]，足见其认为

① 刘宝楠撰，高流水点校：《论语正义》卷二十二《子张》，北京：中华书局，1990年，第753页。
② 《论语正义》卷十八《卫灵公》，第642页。
③ 《论语正义》卷二十一《微子》，第621页。
④ 《论语正义》卷十七《宪问》引孔安国注曰："谷，禄也，有道当食其禄也。无道，谷耻也。君无道而在其朝食其禄，是耻辱也。"第553页。
⑤ 傅亚庶：《孔丛子校释》卷七《公仪》曰："君若饥渴待贤，纳用其谋，虽蔬食水饮，伋亦愿在下风。今徒以高官厚禄钩饵君子，无信用之意。公仪子之智，若鱼鸟可也。不然，则彼将终身不蹑乎君之庭矣。"（《孔丛子校释》，北京：中华书局，第163页）。按：《子思子·胡母豹》与《礼记·中庸》中也有相同记载。
⑥ 《孔子家语》卷四《哀公问政》，《丛书集成初编》本，北京：中华书局，1985年，第120页。
⑦ 《荀子·儒效》"无爵而贵，无禄而富"，王先谦以为此正是君子被人尊重的原因之一。详见王先谦撰，沈啸寰、王星贤点校：《荀子集解》卷四《儒效》，北京：中华书局，1988年，第127页。
⑧ 《礼记正义》卷四十八《祭义》孔颖达正义曰："三也，谓庶人也，与下文云'小孝用力'为一。能养，谓用天分地，以养父母也。"详见李学勤主编，《十三经注疏》整理委员会整理：《礼记正义》，北京：北京大学出版社，1999年，第1334页。

供养父母的重要①。正是如此,曾子才没有完全遵循既有规范,而是有所变通,将亲身侍奉母亲的迫切与相应所需的物质需求,置于前文所述的道义之上。

《韩诗外传》同章下文有"枯鱼衔索"条,韩婴亦在此提出了子路"家贫亲老,不择官而仕"的观点。

> 枯鱼衔索,几何不蠹!二亲之寿,忽如过隙;树木欲茂,霜露不凋使;贤士欲成其名,二亲不待。家贫亲老,不择官而仕。《诗》曰:"虽则如毁,父母孔迩。"此之谓也。②

子路之才,日后在楚国大放异彩;曾子之能,得齐、楚、晋三国相迎。但是,二人皆为了就近奉养亲人,不约而同地放弃了爵禄,以及可能更容易实现政治抱负的平台。韩婴在此描述了曾子与子路二人以奉养父母之孝先于道义、重于个人功名利禄的相似选择,借二人之事以证"事亲先于事君"之观点。更值得注意的是,韩婴将曾子之事列为全书之首章首条,说明其对曾子所代表的孝,即重视供养父母甚于其他理念之推重。由此可见,韩婴开宗明义地表明了事亲是孝的第一要务的立场。

儒家一贯重视德义,但韩婴在《韩诗外传》的开篇中,便将其他理念与孝发生冲突时应以孝为先之意挑明,其推崇孝道之心,可见一斑。不过,这种观点并不孤立,在儒家学说中亦有迹可循。孔子曰:"孝,德之始也。"③《孝经》中有"夫孝,始于事亲,中于事君,终

---

① 曾子此事亦见于《庄子·寓言篇》,成玄英疏曰:"曾参至孝,求禄养亲。"详见郭庆藩撰,王孝鱼点校《庄子集释》卷九《寓言》,北京:中华书局,1985 年,第 955 页。

② 《韩诗外传集释》卷一,第 16 页。此乃子路负米事亲之事,亦见《说苑·建本》与《孔子家语·致思》,子路"事二亲之时,常食藜藿之实,而为亲负米百里之外"。三者记载基本相同,此不赘述。

③ 《大戴礼记解诂》卷六《卫将军文子》曰:"孔子曰:孝,德之始也。弟,德之序也。信,德之厚也。忠,德之正也,参也中夫四德者矣哉。以此称之也。"详见王聘珍撰、王文锦点校:《大戴礼记解诂》,北京:中华书局,1983 年,第 110 页。

于立身"①的观点。孟子也认为"事孰为大，事亲为大"，注疏释为
"事父母之亲，是所事之本也"②。凡此，皆以事亲为孝道根本。因
此，韩婴首推孝道，本质上，也是对经典儒家理念的一种传承与发
展；但是相比之下，韩婴的阐述可谓更为集中，也更为明显。需要
指出的是，在韩婴对曾子的进一步描述中，曾子在母亲去世后，得
到了"齐迎以相，楚迎以令尹，晋迎以上卿"的待遇，然而此时的曾
子却重拾"重其身而轻其禄"的准则，在出仕的选择上，回归了儒家
的传统。进而可证，韩婴以为事有轻重缓急，而以孝居并首；这样
的顺序，并不违背儒家道义。

　　韩婴认可曾子为了照顾母亲"重其禄"而为官的行为，认为这
也是曾子为人至孝的表现之一。孟子也曾经指出"仕非为贫也，而
有时乎为贫"③，即是说为尽孝悌之义，偶尔违背君子取仕之道的
准则，牺牲对个人理想的追求，"不择官而仕"也是可行的。曾子违
背"道义"原则的行为，毕竟建立在孝的基础上，这种出于事亲的委
曲求全，在韩婴心中当然是无可指摘的。

　　另一方面，在《韩诗外传》的叙述中，奉养尊长之孝，财帛固然
重要，但是子女对亲人及时且尽心的陪伴更为关键，二者皆为"不
择官而仕"的重要内涵。孟子曾云："世俗所谓不孝者五，惰其四

---

① 李隆基注：《孝经》卷一《开宗明义章》，上海：上海古籍出版社，2014年，第1页。
② 《孟子注疏》卷七下《离娄章句上》曰："孟子言人之所事者何事为大？以其事父母之
　　亲为大者也。人之所守者何守为大？以其守己之身为大也。不失其身，而为能事
　　其父母之亲，则我尝闻之矣。如失其身，而能事父母之亲，则我未之闻也。盖以己
　　身尚不能守之，况能事其父母乎。……然而事父母之亲，是所事之本也。……事亲
　　孝，故忠可移于君。"赵岐注，孙奭疏：《孟子注疏》，北京：北京大学出版社，1999
　　年，第206页。
③ 《孟子注疏》卷十下《万章章句下》正义曰："孟子言为仕者，志在欲行其道，以济生
　　民，非为家贫乏财，故为仕也。然而家贫亲老而仕者，亦有时而为贫也。"这是先肯
　　定了取仕的原则是济世生民，但同时也认可家境清寒又须奉养父母者，可以图财而
　　仕，这种观点于韩婴的立场基本一致。正义又曰："传云'任重而道远者，不择地而
　　息；家贫亲老者，不择官而仕'，是其意欤。"也再次肯定了这一观点。详见赵岐注、
　　孙奭疏《孟子注疏》，第284页。

支,不顾父母之养,一不孝也。"①由此可见,孟子以为个人懒惰而疏于照料父母,便是不孝。曾子、子路侍奉亲长唯恐不尽心,二人在亲人故去后出仕为官,一齐一楚,皆为当时大国;二人不仅一展所长,富贵荣华加身,所得皆远胜从前。然而,在韩婴的描述中,二人更重视的是与父母朝夕相伴而非高官厚禄,即尽孝道,与父母共享天伦之乐。而在二人双亲逝后,他们面对更为丰厚的爵禄时,亦更加怀念亲人健在的时光,感伤亲人无法享受到如今仓廪更加丰实的生活。如曾子谓,"既没之后,吾尝南游于楚,得尊官焉,堂高九仞,榱题三围,转毂百乘,犹北乡而泣涕者,非为贱也,悲不逮吾亲也"②。《庄子》曾记载了孔子对这种行为的看法。孔子同样出于对曾参真情实感的欣赏,而认可了他侍亲尽孝先于其他的这一选择。③

　　韩婴力主"孝子之事亲也,尽力致诚"④。《礼记·祭统》云,"孝子之事亲也,有三道焉:生则养,没则丧,丧毕则祭。养则观其顺也,丧则观其哀也,祭则观其敬而时也",正言孝之道,在于奉养、丧葬之时情谊真挚诚恳。《孝经·纪孝行》言:"孝子之事亲也,居则致其敬,养则致其乐,病则致其忧,丧则致其哀,祭则致其严。五者备矣,然后能事亲。事亲者,居上不骄,为下不乱,在丑不争。居上而骄则亡,为下而乱则刑,在丑而争则兵。三者不除,虽日用三牲之养,犹为不孝也。"这进一步说明了,即使仪制皆备,心不诚,仍旧为不孝。因此,在韩婴的评价体系中,如此侍奉双亲细致入微的

① 赵岐注,孙奭疏:《孟子注疏》卷八下《离娄章句下》,第236页。
② 《韩诗外传集释》卷七,第247页。
③ 《庄子集释》卷九《寓言》:"曾子再仕而心再化,曰'吾及亲仕,三釜而心乐。后仕,三千钟而不洎,吾心悲'。弟子问于仲尼曰:'若参者,可谓无所县其罪乎。'曰:'既已县矣。夫无所县者,可以有哀乎?彼视三釜三千钟,如观雀蚊虻相过乎前也。'疏曰:'前仕亲在,禄虽少而欢乐;后市亲没,禄虽多而悲悼。所谓再化,以悲乐易心,为不及养亲故也。'""夫孝子事亲,务在于适,无论禄之厚薄,尽于色养而已,故有庸质而称孝子,三仕犹为不孝。参既心存乐哀,得无系禄之罪乎!夫唯无系者,故当无哀乐也。"详见郭庆藩撰、王孝鱼点校《庄子集释》,第955页。
④ 《韩诗外传》卷九,第307页。

曾子、子路二人，可谓情真意切，实为至孝矣。

《韩诗外传》第一章除开篇记曾子事外，又有子路"树木欲茂，霜露不使。贤士欲成其名，二亲不待。故曰：家贫亲老，不择官而仕也"①之论；并在第七章中，又引曾子此事，强调"孝子欲养，而亲不待也"，"椎牛而祭墓，不如鸡豚逮存亲也"。② 第九章则再一次借皋鱼之口指出"少而学，游诸侯。以后吾亲"。为了避免将个人游历仕宦置于父母之前，导致"树欲静而风不止，子欲养而亲不待"，皋鱼发出了与曾子类似的感慨："往而不可追者，年也，去而不可得见者，亲也。"③逝者不可复生，对生者尽孝养之道，远胜于死后哀荣，哪怕是啜菽饮水，也足以尽天伦之乐，"生无以为养，死无以为礼也"④。曾子于父母在时，孝敬父母尽心尽力，"义不离亲一夕宿于外"⑤。同时，曾子不仅悉心照料父母的衣食住行，更重在"养志"⑥。故而在春秋战国之时，曾子便以孝名远播，一度成为各方效仿的典范。⑦ 韩婴如此浓墨重彩地记述曾子的孝行，自然是希望汉初之人取法乎上，以曾子为鉴，引领汉初重孝之风。

> 子路曰："有人于斯，夙兴夜寐，手足胼胝，而面目黧黑，树艺五谷，以事其亲，而无孝子之名者、何也?"孔子曰："吾意者、身未敬邪! 色不顺邪! 辞不逊邪! 古人有言曰：'衣欤! 食

---

① 《韩诗外传集释》卷一，第16—17页。另，《说苑·见本》与《孔子家语·致思》皆作"子路曰：负重道远者，不择地而休。家贫亲老者，不择禄而仕"。

② 《韩诗外传集释》卷七，第246页。

③ 《韩诗外传集释》卷九，第309页。

④ 《礼记集解》卷十《檀弓下》："孔子曰：啜菽饮水，尽其欢，斯之谓孝。"详见孙希旦著、沈啸寰与王星贤点校《礼记集解》，北京：中华书局，1989年，第278页。

⑤ 《战国策》卷二十九《燕一》："苏秦曰：'且夫孝如曾参，义不离亲一夕宿于外。'"刘向集录：《战国策》，上海：上海古籍出版社，1985年，第1047页。

⑥ 《孟子注疏》卷七下《离娄章句上》曰："上孝养志，下孝养体，曾参事亲，可谓至矣。孟子言之，欲令后人则曾子也。"详见赵岐注、孙奭疏《孟子注疏》，第206页。

⑦ 参见《史记》卷六十七《仲尼弟子列传》："孔子以为能通孝道，故授之业。"详见司马迁《史记》，北京：中华书局，1959年，第2205页。此亦见于《史记》卷七十《张仪列传》，陈轸说秦王曰"曾参孝于其亲而天下愿以为子"，第2300页。

欤！曾不尔即。'子劳以事其亲，无此三者，何为无孝之名！意
者、所友非仁人邪！坐，语汝，虽有国士之力，不能自举其身，
非无力也，势不便也。是以君子入则笃孝，出则友贤，何为其
无孝子之名！《诗》曰："父母孔迩。"①

为突出孝敬父母之心的重要性，韩婴在《韩诗外传》中还讲述
了另一个故事。子路曾经请教孔子：为什么有人夙兴夜寐，辛劳
事亲，却仍旧没有孝名？孔子认为那是心意不够尊敬虔诚的缘故。
而子路宁愿节制个人的口腹之欲，拒绝外出为官，也要亲身照料父
母，负米百里，侍奉高堂尽心竭力。孔子赞许他"事亲，可谓生事尽
力，死事尽思者也"②，全心全意侍奉父母，事事以父母为重，以孝
敬为先，以己身为后。

在韩婴讲述的另一个故事中，子贡向孔子请求"赐休于事父"。
孔子曰："《诗》云：'孝子不匮，永锡尔类。'为之若此其不易也，如之
何其休也！"③韩婴再次重申，孝不可有半分松懈，孝敬双亲虽不
易，但也绝不可放松。即只有孝心诚，孝行恒，才称得上真正的
孝道。

由此可见，韩婴通过力陈君子"不择官而仕"的多层内涵，立体
地展现了他对"事亲先于事君"之孝的推崇。

"不择官而仕"之论，亦见于《列女传》，《周南之妻》云："昔舜耕
于历山，渔于雷泽，陶于河滨。非舜之事，而舜为之者，为养父母
也。家贫亲老，不择官而仕。"④又引《诗》曰："鲂鱼赪尾，王室如
毁，虽则如毁，父母孔迩。"《列女传》与《韩诗外传》论子路其事的
"枯鱼衔索"条所引"虽则如毁，父母孔迩"之句，引《诗》相同，用意

---

① 《韩诗外传集释》卷九，第310页。
② 《孔子家语·致思》，《丛书集成初编》本，第48页。
③ 《韩诗外传集释》卷八，第293页。
④ 张涛：《列女传译注》卷二《贤明传》，济南：山东大学出版社，1990年，第65页。

相近,取《诗》旨应也相似。《薛君章句》释此句为:"颓,赤也。毁,烈火也。孔,甚也。迩,近也。言鲂鱼劳则尾赤,君子劳尔颜色变,王室政教如烈火矣,犹触而仕者,以父母甚迫近饥寒之忧,为此禄仕。"①出仕正是为了提供给父母更富足的生活条件,而不是在乎于王室之道。舜古有孝名,如《尚书》作"克谐以孝。烝烝乂,不格奸"②,亦曾因父母而决定何时出仕、如何出仕。

韩婴引《汝坟》以证,更进一步说明了他所推崇的孝道:传统的道义、修齐治平的追求等,皆应退让于父母的需求③;个人应当尽一切可能,更好地奉养父母,保障物质条件与尽心尽力照料,两者应当尽可能兼备。东汉周盘"居贫养母,俭薄不充。尝诵《诗》至《汝坟》之卒章,慨然而叹,乃解韦带,就孝廉之举"④。周盘生活一向清贫俭薄,好读书不求富贵,读《汝坟》而生感佩之情,举孝廉为官。他从《汝坟》之诗中领会的,应当也正是韩婴在这首诗中所感受的孝之大义。由此可见,韩婴在《韩诗外传》中提出的"不择官而仕",即高堂尚在的时日,身为人子,应以在父母身边尽孝为重,将精力投诸双亲膝下尽孝;慎择出仕之地,将个人的仕途发展与修齐治平的追求置于其次。

韩婴笔下的孝的含义是丰富的,尽管这种孝的剖析,具有浓厚的个人色彩。但是这种观点,某种程度上,是对西汉初年主流思想文化趋势的一种呼应和发展。汉代重视孝道,尤其西汉初年,长者

---

① 《诗说考略》卷五引《薛君章句》,清道光王氏信芳阁本。
② 顾颉刚、刘起釪《尚书校释译论》,北京:中华书局,2005年,第5页。
③ 鲁诗有"周南之妻者,周南大夫之妻也。大夫受命平治水土,过时不来。妻恐其懈于王事,盖与其邻人陈素所与大夫言,国家多难,惟勉强之,无有谴怨,遗父母忧。昔舜耕于历山,渔于雷泽,陶于河滨,非舜之事而舜为之者,为养父母也。家贫亲老,不择官而仕;亲操井臼,不择妻而取。故父母在,当与时小同,无亏大义,不罹患害而已。夫凤鸟不离于罻罗,麒麟不入于陷阱,蛟龙不及于枯泽,鸟兽之智,犹知避害,而况于人乎。生于乱世,不得道理,而迫于暴虐,不得行役,然而仕者为父母在也"。与此意同。陈乔枞《鲁诗遗说考》,《续修四库全书·经部·诗类》第75册,上海:上海古籍出版社,第68页。
④ 范晔《后汉书》卷三十九《刘赵淳于江刘周赵传第二十九》,北京:中华书局,1973年,第1311页。

之颐养一直得到高度重视。汉文帝元年诏令中所说:"老者非帛不暖,非肉不饱。今岁首,不时使人存问长老,又无布帛酒肉之赐,将何以佐天下子孙孝养其亲。"①《新语·至德》篇中也将"在家者孝于亲",视作君主教化百姓、稳固根基以实现宏图伟业的先决条件之一。

韩婴在文帝时被立为经学博士,景帝时任常山王太傅;武帝之时,韩婴更曾与董仲舒当庭辩论,不分伯仲。从中不难看出,韩婴在西汉初年政治地位并不低,他所代表的韩诗学派在三家诗说中,应当具有一定的竞争力。他借说《诗》所传达的学术立场与观点,也应当具有一定的影响力。到了武帝时期,这种被韩婴着重推崇与提倡的孝道准则,依旧得以延续。武帝即位之初的诏令中明确指出:"今天下孝子顺孙愿自竭尽以承其亲,外迫公事,内乏资财,是以孝心阙焉,朕甚哀之。"②可见当时为了尽孝,不计较身外财帛,很大程度上是被提倡和褒奖的。韩婴死后,武帝重用夏侯始昌,齐诗开始流行,逐渐占据西汉诗学的主流地位,韩诗才渐渐式微。这种对孝的定义和要求,也随之逐渐被取代。

总而言之,韩婴注重孝道,并在论述孝道之时,以曾子与子路为例,反复强调"不择官而仕"之孝。在此语境下,韩婴将出仕与否、如何出仕,着眼于是否便于侍奉亲人而尽孝,认为事亲先于事君,先于儒家传统的君子出仕标准,先于个人政治抱负,这正是韩婴之孝的首要特色。

二、惜命而悖忠的忠孝之辨

> 传曰:卞庄子好勇,母无恙时,三战而三北,交游非之,国君辱之,卞庄子受命,颜色不变。及母死三年,鲁兴师,卞庄子

① 班固:《汉书》卷四《文帝纪》,北京:中华书局,1962年,第113页。
② 《汉书》卷六《武帝纪》,第156页。

请从，至，见于将军曰："前犹与母处，是以战而北也，辱吾身！今母没矣，请塞责。"遂走敌而斗，获甲首而献之，"请以此塞一北"。又获甲首而献之，"请以此塞再北"。将军止之，曰："足。"不止，又获甲首而献之，曰："请以此塞三北。"将军止之，曰："足，请为兄弟。"卞庄子曰："夫北、以养母也，今母殁矣，吾责塞矣。吾闻之，节士不以辱生。"遂奔敌，杀七十人而死。君子闻之，曰："三北已塞责，又灭世断宗，士节小具矣，而于孝未终也。"《诗》曰："靡不有初，鲜克有终。"①

卞庄子为了保全性命奉养母亲而连战连败，但在母亲去世之后，他却主动请缨，勇往直前，杀三人以抵三败之责，接着又连杀七十余人战死。韩婴通过这个故事，再次提出了孝先于忠义，事亲先于事君的命题。他认为君子理当先是父之孝子，后才是君之忠臣。卞庄子是春秋时期著名的勇士，其勇武以刺虎成名。《论语·宪问》记孔子曰："若臧武仲之知，公绰之不欲，卞庄子之勇，冉求之艺，文之以礼乐，亦可以为成人矣。"②由此可见，孔子曾对卞庄子之大加称赞，认为卞庄子之勇是优秀的君子所必不可少的素养。《荀子》中也有"齐人欲伐鲁，忌卞庄子，不敢过卞"③的记载。在《史记·张仪列传》中，陈轸与秦惠文王对策时，曾讲述了"有以夫卞庄子刺虎闻于王者"的故事。故事中的卞庄子，先引两虎相争，两败俱伤后渔翁得利，搏杀双虎，可谓智勇双全。④陈轸援引之"卞庄子刺虎"可能确有其事，也可能只是一个虚拟的故事。⑤但

① 《韩诗外传集释》卷十，第252—253页。
② 《论语正义》卷十七《宪问》，第566页。
③ 王先谦、沈啸寰、王星贤点校：《荀子集解》卷四《儒效》，北京：中华书局，1988年，第504页。
④ 详见《史记》卷七十《张仪列传》，第2302页。
⑤ 卞庄子其人其事尚有争议，这一故事除《韩诗外传》之外，亦见于《新序》，二者行文基本相同。二书皆与刘向相关，极有可能同源。二者皆以卞庄子为鲁人，与孔子赞孟子、庄子合，亦《左传》《荀子》合。郑玄认为卞庄子应是秦人，但证据不明。

是《论语》与《荀子》的记载,皆足以说明卞庄子应当是一名出色的武士,甚至是闻名遐迩的将帅之才。韩婴在叙述这个故事时,依旧描写了卞庄子战死之前,连杀七十人的英勇,这无疑是对其能力的认可。不过,这样的勇士在韩婴讲述的故事主题中,先是"三战而三北",自然应是未尽全力。随后,韩婴解释说明卞庄子此举的原因,是卞庄子为了能够保全自己的性命以侍奉母亲,即所谓"三北以养母也"。卞庄子之事,是韩婴宣扬事亲先于事君、许家重于许国的孝道观的另一个代表性叙事。

在通常情况下,春秋时期,尽忠职守、殚精竭虑为国筹谋、生死皆以国为重、先国家后自身等,皆是"忠"的必要因素。封臣因个人原因贻误战事,甚至故意战败,这无疑是对封君的不忠,甚至可以说是因私害公,以孝害忠。如《左传·文公六年》:"以私害公,非忠也。"①《左传·宣公十二年》:"民皆尽忠以死君命,又可以为京观乎。"②《左传·成公二年》:"其为吾先君谋也则忠。"③《左传·襄公二十四年》:"将死,不忘卫社稷,可不谓忠乎?"④《左传·昭公元年》:"临患不忘国,忠也。"⑤《左传·昭公二年》:"辞不忘国,

---

① 臾骈反对因私仇报复甲季,提出并解释了忠、勇、知三者的内涵。详见杨伯峻《春秋左传注》第二卷,北京:中华书局,1981 年,第 553 页。
② 楚庄王打败晋军,但赞赏晋军将士为国尽忠,不计生死的牺牲,从而拒绝惩戒他们。可见这种以死国为忠的精神,有时连敌方都会为之赞赏。详见杨伯峻《春秋左传注》第二卷,第 747 页。
③ 子反欲贿赂晋国,请晋国永不录用带夏使夏姬私奔至晋国的巫臣,楚共王阻止他时指出,"其自为谋也,则过矣。其为吾先君谋也,则忠。忠,社稷之固也,所盖多矣。"这是为国筹谋即忠。详见杨伯峻《春秋左传注》第二卷,第 805 页。
④ 子囊临终不忘叮嘱子庚修筑楚国的郢都,"君子谓'子囊忠。君薨不忘增其名,将死不忘卫社稷,可不谓忠乎。'《诗》曰:'行归于周,万民所望。忠也。'"详见杨伯峻《春秋左传注》第三卷,第 1020 页。
⑤ 季武子伐莒,楚国希望晋国以背盟诛杀鲁国使节叔孙豹。乐桓子以为其求情是由向叔孙豹索贿,叔孙豹担心因自己脱罪而使得晋国迁怒于鲁国,婉拒了乐桓子。赵简子盛赞了叔孙豹这种为国之安慰牺牲性命的节义。"赵孟闻之,曰:'临患不忘国,忠也。思难不越官,信也。图国忘死,贞也。谋主三者,义也。有是四者,又可戮乎?'"这是将国家安危置于个人性命之上者为忠。详见杨伯峻《春秋左传注》第四卷,第 1205 页。

忠信也。"①因此，卞庄子为了奉养高堂这种个人原因，而忽视家国大事，甚至故意打败仗的行为，明显皆距忠远矣。根据《韩诗外传》的叙述，卞庄子"交游非之，国君辱之"的结果，也说明了这样的失败在当时也曾为人所诟病，可是韩婴叙述卞庄子事的口吻显然是颇为赞许的。这种看似"相悖"的表现，正是韩婴推崇孝道、重视事亲的结果。正如郭店简《六德》所言，孝，本也。② 如前文所述，在韩婴的"以孝为本"中，子欲养而亲不待，是他所主张的孝道最着力预防的危机。子女应当尽一切可能，在椿萱并茂时侍奉于膝下，韩婴借卞庄子事进一步说明了这一行为的重要性，认为这是远胜于为国献身的。

韩婴对卞庄子此举的推崇也并不是无迹可寻的。在《韩非子·五蠹》篇中，在韩非子叙述的这个相似的故事里，孔子便非常赞许卞庄子之孝，韩非子评价其"以是观之，夫父之孝子，君之背臣也"③。《尸子》也有"鲁人有孝者，三为母北，鲁人称之，彼其斗则害亲，不斗则辱赢矣，不若两降之"之语④。这些观点皆与韩婴认可卞庄子之举，主张事亲先于事君、许家先于许国的理念相合。从卞庄子故事在两汉的流传来看，与韩婴的态度更为近似，而与春秋时期批判为主的立场并不相合。如《新序》亦载卞庄子其事，并与《韩诗外传》基本相同；但卞庄子战死前杀敌人数十人，稍许减弱了其中的戏剧性。又如，崔骃仿扬雄《解嘲》作《达旨》，便将卞庄子连

---

① 叔弓聘于晋，答晋平公言辞谦卑，有礼有节，叔向称赞其言辞不忘国家，是忠信之道，是深明礼义，德行高尚的表现。"吾闻之曰：'忠信，礼之器也。卑让，礼之宗也。'辞不忘国，忠信也。先国后己，卑让也。（杜注：'始称敝邑之弘，先国也；次称臣之禄，后己也。'）《诗》曰：'敬慎威仪，以近有德。'夫子近德矣。"这是先国后己之谓忠。详见杨伯峻：《春秋左传注》第四卷，第1229页。

② 荆门市博物馆编：《郭店楚墓竹简》，北京：文物出版社，1998年，第190页。

③ 《韩非子》卷第十九《五蠹》曰："鲁人从君战，三战三北，仲尼问其故，对曰：'吾有老父，身死，莫之养也。'仲尼以为孝，举而上之。"王先慎撰，钟哲点校：《韩非子集解》，北京：中华书局，2003年，第449页。

④ 尸佼著，汪继培辑，朱海雷撰：《尸子译注》卷下，上海：上海古籍出版社，2006年，第107页。

克七十余人之事作为连战连捷、克御强敌的典故援用①。以上这些解读,皆与韩婴的说法相类似。

卞庄子战死以全节义,韩婴也描述了春秋时期时人对此的评价。他们认为卞庄子仅仅考虑到小节,三连败的责任通过杀敌抵消,那么卞庄子战死,宗族的发展延续便只能戛然而止,这是大不孝,所谓"三北已塞责,又灭世断宗,士节小具矣,而于孝未终也"②。春秋时期,宗法制度占据统治地位,礼法与宗法合一,依靠血缘血亲维系的家国体制仍然稳固,战死以谢,最直接的后果,就是让本宗血脉从此断绝,祭祀不存,宗族无法延续。这种孝,看重的是宗族的延续,除了血脉上的延续,也有家法的延续与弘扬,譬如孔子曰:"三年无改于父之道,可谓孝矣。"而在汉初,这种观点也依旧盛行,诸如颜师古注《汉书·惠帝纪》所言:"孝子善述父之志,故汉家之谥,自惠帝已下,皆称孝也。"这足以说明,韩婴对孝的解读,当是西汉初年的主流态度之一。

从卞庄子的故事中不难看出,以家族私情妨害国之公义的罪责,可以将功赎罪来抵消。在韩婴看来,仅限于卞庄子这种程度的因孝道而妨害忠义,远不需要杀身成仁,以谢天下。事亲先于事君,较之精忠报国的确失当,但是可以适当弥补,不应为此付出生命,以阻碍延续宗族的代价赎罪,这样才是大不孝。此处以孝忠对比,充分展现了韩婴事亲先于事君,许家重于许国之意,说明了孝在其学说中的重要性。

综上所述,韩婴所述的曾子、子路、卞庄子的故事,都是用来承

---

① 《后汉书》卷五十二《崔骃列传》曰:"昔孔子起威于夹谷,晏婴发勇于崔杼;曹刿举节于柯盟,卞严克捷于强御;范蠡错埶于会稽,五员树功于柏举;鲁连辩言以退燕,包胥单辞而存楚;唐且华颠以悟秦,甘罗童牙而报赵;原衰见廉于壶飡,宣孟收德于束脯;吴札结信于丘木,展季效贞于门女;颜回明仁于度穀,程婴显义于赵武。仆诚不能编德于数者,窃慕古人之所序。"详见范晔《后汉书》,第 1715 页。

② 《韩诗外传》元刊本作:"君子闻之曰:三背已雪,辅世继宗,国家义不衰,而神保有所归,是子道也,死节孝具矣,而敬孝未终也。"元刊本对此解释得更为明确,不孝在于祭祀无法延续。转引自韩婴撰、许维遹校释《韩诗外传集释》卷十,第 353 页。

载其推崇的孝道观念的：事亲先于事君，出仕则为亲不择官，为官当因孝而珍惜生命。韩婴以此建构了富有其学术特色的孝先于忠的孝道观。而这几则服从这一观念的故事，在两汉都有一定传播度，从中可推断两汉时期，特别是西汉前期，韩婴对于孝之含义的解读与传播，是有其影响力的。

三、亲亲相隐下的新型家国关系建构

> 楚昭王有士曰石奢，其为人也，公正而好直。王使为理。于是道有杀人者，石奢追之，则其父也。还返于廷，曰："杀人者，臣之父也。以父成政，非孝也。不行君法，非忠也。弛罪废法，而伏其辜，臣之所守也。"遂伏斧锧，曰："命在君。"君曰："追而不及，庸有罪乎？子其治事矣。"石奢曰："不然。不私其父，非孝也。不行君法，非忠也。以死罪生，不廉也。君欲赦之，上之惠也。臣不能失法，下之义也。"遂不去铁锧，刎颈而死乎廷。君子闻之曰："贞夫法哉，石先生乎！"孔子曰："子为父隐，父为子隐，直在其中矣。"《诗》曰："彼己之子，邦之司直。"石先生之谓也。①

亲亲相隐是儒家传统道德观的重要组成部分。韩婴讲述了一个石奢追踪凶手却发现其为己父，于是放弃追踪，随后向国君坦承其因，出于孝道无法大义灭亲的故事，并通过孔子"子为父隐，父为子隐"之言，肯定了石奢的选择是君子之行。"子为父隐，父为子隐，直在其中矣"②的说法源于《论语·子路》，孔子以父子相隐为"直行"，反对叶公夸赞的儿子揭发父亲偷羊的行为。《檀弓》亦云"事亲有隐而无犯"，即父子亲人之间应当互相隐匿与保护，说明韩

---

① 《韩诗外传集释》卷二，第48—49页。
② 《论语正义》卷十六，第536页。

婴的故事，是有充分的儒家学理依据的。

春秋战国时期，儒家非常重视父子间的亲缘关系，认为这是首要的社会等级，"父子，至上下也"，"友、君、臣，无亲也"①。父子之间，是血缘关系，是与生俱来、不可拆分的。而君臣之间，则是后天形成的政治关系，合则来不合则去。②"有天地，然后有万物。有万物，然后有男女。有男女，然后有夫妇。有夫妇，然后有父子。有父子，然后有君臣。有君臣，然后有上下。有上下，然后礼义有所错。"③孔子也对此作出了明确的排序："何谓人义？父慈、子孝、兄良、弟弟、夫义、妇听、长惠、幼顺、君仁、臣忠十者，谓之人义。"④因而，在儒家看来，政治伦理，须让位于血缘伦理；社会秩序，次之于亲缘关系。君臣之间的忠顺之道，自然就退居父子兄弟之间的孝悌之道。

所以，一旦亲缘关系与其他社会关系发生冲突，必须以亲缘人伦为先，"为父绝君，不为君绝父；为昆弟绝妻，不为妻绝昆弟；为宗族杀朋友，不为朋友杀宗族"⑤。这种先后次序，决定了儒家观念中，君臣关系与法律制度等后天形成的社会规则，服从于先天性的父子兄弟的血亲伦理，君臣之间的忠信准则逊于父子兄弟间的孝悌纲常。故而面对法律和君主时，亲亲相隐、相护的儒家学说应运而生。在儒家心目中，此类亲亲相隐，是符合人性的基本原则的，是人类社会的常态。⑥"君不为臣隐，父独为子隐何？以为父子一

---

① 《语丛一》，荆门市博物馆编：《郭店楚墓竹简》，北京：文物出版社，1998 年，第 194 页。

② 详见陈壁生：《孔子"父子相隐"思想新解》，郭齐勇主编《〈儒家伦理新批判〉之批判》，武汉：武汉大学出版社，2011 年，

③ 李道平撰，潘雨廷点校：《周易集解纂疏》卷十《序卦》，北京：中华书局，1994 年，第 724 页。

④ 孙希旦撰，沈啸寰、王星贤点校：《礼记正义》卷二十二《仁义》，北京：中华书局，1989 年，第 606—607 页。

⑤ 《鲁穆公问子思》，荆门市博物馆编：《郭店楚墓竹简》，北京：文物出版社，1998 年，第 187—188 页。

⑥ 参见郭齐勇主编：《〈儒家伦理新批判〉之批判》序言，武汉：武汉大学出版社，2011 年，第 14 页。

体,而分荣耻相及。"①父子因共同的血缘而成为一体,君臣没有这样的血脉相连,就缺乏相隐的主观条件。如"子告父母,臣妾告主,非公室告,勿听"②,窃羊案例等,都是儒家伦理中发挥孝先于忠的指导思想,以血缘家庭关系凌驾于社会法律之上的典型。③

亲亲相隐,是儒家孝道的重要组成部分之一。孟子是儒家学术中仁爱、德义的主要继承者,他将亲亲相隐的理论发扬到更为极端的状态。《孟子》中有一个"舜为天子,皋陶为士,瞽瞍杀人"的故事,孟子提出的最理想的解决之法是,舜"窃负而逃,遵海滨而处,终身欣然,乐而忘天下"。④ 为了保护父亲,舜应当放弃天下,携父归隐,以此怡然自得。不再以天下为念,"大孝荣父,遗弃天下。虞舜之道,趋将如此,孟子之言,揆圣意也"⑤。虽然这是一则假设的故事,描述的是理想化的状态,但孟子视舜为圣王的代表之一,在《孟子》中,多个舜的故事都围绕着舜身为天子却重父子之孝甚于君主责任而展开。孟子无疑将儒家以孝为尊、视父子人伦超越君臣忠义的理念,推向了巅峰。

韩婴承袭了儒家亲亲相隐的孝悌原则,强烈支持孝先于忠。石奢和石他的故事中,亲亲相隐、坚守孝道,都是他们的首要目标。尽管二人身死,但他们都死于目的达成之后。韩婴表彰二人的行为,强调君子之行,孝的次序先于忠,是毋庸置疑的。

韩婴提倡亲亲相隐,是符合汉朝主流政治理念的。亲亲相隐的理念绵延于两汉,生生不息。汉昭帝时期,盐铁会议论辩中,贤良方正派就支持这一理论。汉宣帝诏曰:"父子之亲,夫妇之道,天

---

① 陈立撰,吴则虞点校:《白虎通疏证》卷五《谏争》,北京:中华书局,1994 年,第240 页。
② 《睡虎地秦墓竹简·法律答问》,北京,文物出版社,1978 年。
③ 详见邓晓芒:《儒家伦理新批判》,重庆:重庆大学出版社,2010 年,第30 页。
④ 焦循、沈文倬点校:《孟子正义》卷二十七《尽心上》,北京:中华书局,1987 年,第931 页。
⑤ 《孟子正义》卷二十七《尽心上》,第933 页。

性也。虽有患祸,犹蒙死而存之。诚爱结于心,仁厚之至也,岂能违之哉!自今子首匿父母,妻匿夫,孙匿大父母,皆勿坐。其父母匿子,夫匿妻,大父母匿孙,罪殊死,皆上请廷尉以闻。"①汉宣帝此诏,等于将亲亲相隐的道德原则,正式纳入了汉朝的法律体系。东汉时期,白虎观论辩,又进一步扩大了亲亲相隐的覆盖范围。

但相较孟子为了发扬先天的孝悌伦理,轻易而彻底地抛弃后天的社会政治关系,韩婴的态度显然更为理性而克制。

首先,韩婴有别于孟子的高低分明,他肯定忠君的重要性,将忠、孝二者,视为同等性质的君子之德,在二者间作出选择,君子左右为难,天经地义。田常子命石他盟誓效忠,不从则其全家受诛。石他不愿,又恐家人罹难,曰:"舍君以全亲,非忠也;舍亲以死君之事,非孝也。"故"乃进盟,以免父母;退伏剑,以死其君"②。申鸣居以养亲,不愿出仕于楚,曰:"受君之禄,避君之难,非忠臣也;正君之法,以杀其父,又非孝子也。行不两全,名不两立。"韩婴引《大雅·抑》:"人亦有言,进退维谷",释石他、申鸣之两难。这种态度,比起孟子的激进与果断,自然更加人性化。

其次,韩婴在承认孝先于忠的基础上,提出了以孝为先,再补偿忠的行为方式。韩婴借石奢之口阐发议论,对忠、孝分别作出了定义。孝即私其父,忠则行君法。但是,此时父违背了君法,忠孝因此产生了矛盾。楚昭王的肯定"追而不及,庸有罪乎?子其治事矣",这是石奢面对矛盾作出的第一次尝试,并没有直接渎职。石奢在矛盾中果断作出了选择,"以父成政,非孝也",不能为了成全君主的统治,伤害自己的父亲。于是石奢的选择是,向君主承认自己的"进退维谷",并在保全了父亲,实现了自己的孝道之后,以性命成全了自己的忠义之道。为子当孝,为臣当忠,这也说明,韩婴是在肯定忠的重要性前提下,且不能两全其美之时,应当立场坚定

---

① 《汉书》卷八《宣帝纪》,第 251 页。
② 《韩诗外传集释》卷六,第 216 页。

地选择孝。其后舍生而全忠,是对此前弃忠而择孝的补偿。

再次,忠孝难两得,韩婴在此指出了一条尽可能全身而退之路:行事满足孝先于忠的形式标准,方能两全其美。正如《吕氏春秋》中引石奢之事的评价:"正法枉必死,父犯法而不忍,王赦之而不肯,石渚之为人臣也,可谓忠且孝矣。"①缉其父不孝,枉法不忠,但先纵其父以尽孝义,再不借词脱罪而完忠行,便"可谓忠且孝矣"。以孝为先,是全乎忠义的前提,韩婴将以孝为先作为评价标准是显而易见的。

究其原因,韩婴并没有完全割裂忠孝之间的关系,未曾将二者置于完全对立的地位。亲亲相隐,是慈孝的重要指标。但这一孝的指标,也能延伸到忠上。"子苟有过,父为隐之,则慈矣。父苟有过,子为隐之,则孝矣。孝慈则忠,忠则直也。"②韩婴常将孝与忠并举,"不敢谏其父,非孝子也;惧斧钺之诛,而不敢谏其君,非忠臣也"③,模拟两种概念中相似的行为规范,为二者相成之意作铺垫。满足了这个条件,君子以孝为先,也能够将其延伸至对待忠的态度上。孝子往往能成为忠臣,不孝父母者也谈不上尽忠于君王。"可于君,不可于父,孝子不为也;可于父,不可于君,君子不为也。故君不可夺,亲亦不可夺也。"④忠孝相成的观点,乃韩婴本于儒家传统而发。如"孝慈则忠"⑤,"以孝事君则忠"⑥,"忠臣以事其君,孝子以事其亲,其本一也"⑦等,儒家思想中不乏其说。孝为私德、忠为公德,"细考孝、悌、忠、敬、仁、义、礼、智、信、诚等道德产生的历

① 高诱注,毕沅校正,余翔标点:《吕氏春秋·高义》,上海:上海古籍出版社,1996年,第342页。
② 李学勤主编:《十三经注疏》整理委员会整理:《论语注疏》,北京:北京大学出版社,第177—178页。
③ 《韩诗外传集释》卷十,第359页。
④ 《韩诗外传集释》卷八,第277页。
⑤ 《论语正义》卷二《为政》,第64页。
⑥ 李学勤主编:《十三经注疏》整理委员会整理:《孝经注疏》,北京:北京大学出版社,1999年,第14页。
⑦ 《礼记集解》卷第四十七《祭统》,第1237页。

史原因、内涵之衍生变迁过程,不难知道每一德目都既是私德又是公德"①。因此,韩婴汲取儒家传统,将二者并提,并进一步建立二者之间的联系,有迹可循。况且,韩婴的这种转化,是由孝而忠的,这是韩婴以孝为本、孝先于忠的又一力证。

而且,对忠的补偿,韩婴并不完全支持舍生取义式的极端行为。"杀身以彰君之恶,不忠也"②,韩婴虽然不止一次称赞比干之忠,但也以箕子之口,反对这种玉石俱焚式的惨烈结局。可见韩婴虽力主儒家孝先于忠的传统理念,但也努力规避过于慷慨激昂的表达方法。

综上所述,面对忠孝之争,韩婴明确地作出了回答,忠自有其重要性,但孝必定先于忠,为了尽孝而有损于忠,并不是士的污点。这种观点,脱胎于儒家的传统学说,但又是韩婴根据汉初所需与个人的学术风格,精心调整后的产物,韩婴儒术又一次展现了其应时而变的魅力。

四、《韩诗外传》中孝道与政治之关系

韩婴从多个角度全面弘扬孝先于忠的理念,他又一次以儒家思想为本,并充分考虑汉初的政治环境,变通而创造出一种柔和的儒术。

韩婴重视孝道,强调亲亲相隐的原则,主张以孝为先,不赞成通过激烈的手段实现目的。韩婴讲述了一个鲁国父子相讼的案例:"康子欲杀之。孔子曰:'未可杀也。夫民父子讼之为不义久矣,是则上失其道,上有道,是人亡矣。'讼者闻之,请无讼。康子曰:'民以孝,杀一不义,以僇不孝,不亦可乎?'孔子曰:'否。不教而听其狱,杀不辜也。三军大败,不可诛也。狱犴不治,不可刑也。

---

① 郭齐勇:《中国儒学之精神》,上海:复旦大学出版社,2009 年,第 165 页。
② 《韩诗外传集释》卷六,第 202 页。

上陈之教而先服之,则百姓从风矣。躬行不从,然后俟之以刑,则民知罪矣。'"①父子本应相护,如果父子相讼,无疑是对这一原则的反叛,严重性更甚于父子相揭发。韩婴此处明确反对以杀为教,不能以杀戮不孝者来遏制不孝之风蔓延。教化才是首选之道。

韩婴也反对极端的孝道。他认为曾子小杖受、大杖走的行为,是足以与舜相提并论的优秀举措。"舜为人子乎? 小棰则待笞,大杖则逃。索而使之,未尝不在侧;索而杀之,未尝可得。"②杀身以陷父不义,已属大不孝之行。在韩婴的学说中,曾子与舜一直都是孝子的楷模。韩婴在一事中二人齐用,足见他心中孝道虽重,亦需践行折中的提倡。

以孝为先是韩婴的根本理念,但柔和地实现这一理念,则是韩婴的基本方法,体现了韩婴之术的鲜明柔性色彩。

汉初诸侯王对中央皇权的威胁无处不在,提倡孝道,可以维护亲亲尊尊的地位等级,警示诸侯王恪守本分,不得挑战中央皇权。"夫君臣无狱。今元咺虽直,不可听也。君臣将狱,父子将狱,是无上下也。"③周襄王从上下尊卑不可乱的角度反对君臣、父子相讼,保护亲亲尊尊的等级秩序不被破坏,情同此理。

并且,诸侯王若与中央皇权相争,硬碰硬的结果绝不会有利于中央皇权。以孝为武器,既可以使皇帝作出兄友弟恭的姿态,不让诸侯王留下反抗是为了自保,是"不平则鸣"的口舌;也可以规劝诸侯王,使之安分守己;太后尚在,各兄弟之王阋墙是不孝不悌、各子侄之王反叛长辈更为不孝。诸侯王虽气焰嚣张,总归师出无名。以孝悌经营各方关系,对中央皇权当有一定的软性保护之效。

文帝时,淮南王死于贬谪途中,文帝忧惧声名有损,袁盎曾劝

---

① 《韩诗外传集释》卷八,第105—106页。此事又见于《荀子·宥坐》与《说苑·政理》,文字有所出入,事皆同。
② 《韩诗外传集释》卷八,第296页。
③ 徐元浩撰,王树民、沈长云点校:《国语集解》第二《周语中》,第55页。

慰文帝道:"陛下有高世之行者三,此不足以毁名。……陛下居代时,太后尝病,三年,陛下不交睫,不解衣,汤药非陛下口所尝弗进。夫曾参以布衣犹难之,今陛下亲以王者修之,过曾参孝远矣。"①袁盎认为,如果淮南王之死会令天下人视文帝为不悌兄弟者,令其他诸侯王防患于未然而先下手为强,那么文帝一向孝顺薄太后的善行能够正视听,树立文帝孝悌为本的形象,打消相应人等的疑虑,从而能避免引发政权动荡。在儒家的语境中,孝悌一向一体,"入则孝,出则悌"②,文帝孝行远过曾参,自然不限于孝顺其母,自然也会友爱兄弟,不会残害各位叔伯兄弟诸侯。袁盎以文帝之孝名挽回局势,佐之以复立淮南王三子,最终成功平息矛盾。韩婴之儒术大力倡导孝先于忠,明显拥有与之相似的思路,以"孝"为幌子,软性应对诸侯王强势而引发的权力斗争,合乎汉初的政治环境,是一种行之有效的策略,并非纸上谈兵。

吴王因其子死后未葬于长安,反而被送回原籍,心生不满,称病不朝而受文帝责备,"吴王恐,为谋滋甚",渐生反意。吴王遣使者向天子诉苦,称被迫称病只因恐惧被天子论罪处死,"天子乃赦吴使者归之,而赐吴王几杖,老,不朝",汉文帝不仅没有加罪,反而赐予吴王几杖,公开宣布体恤吴王年迈,可以不必日日朝见。吴王也因此暂时打消了谋反的念头。虽然吴王依旧煮盐、铸钱,不臣之心昭然若揭,但兵变的时间终究被延迟到了数十年之后,直至"诸侯既新削罚,振恐,多怨晁错"之时。③ 吴王为文帝之堂兄,文帝对吴王以安抚为本的一系列礼敬之策,正合孝悌之意,并且得到了积极的成果。这足以证明韩婴之儒术,实乃针对汉初政局有的放矢。

韩婴身为博士官,学术是他最擅长的武器。韩婴切中时弊,另辟蹊径地利用与转化儒家传统,转移矛盾中心,温和地为中央皇权

① 《史记》卷一百一《袁盎晁错列传》,第2739页。
② 《孟子正义》卷十二《滕文公下》,第428页。
③ 《史记》卷一百六《吴王濞列传》,第2827页。

的当务之急提出解决之道,其术巧而其风柔。

《韩非子·五蠹》篇中也记述了相同偷羊的故事,"楚之有直躬,其父窃羊而谒之吏,令尹曰:'杀之。'以为直于君而曲于父,报而罪之"①,向楚王告密的儿子被处死了。虽然法家的韩非子并没有直接提出与亲亲相隐相关的理论,但他也指出了"君之直臣,父之暴子","父之孝子,君之背臣"。尽管没有确定的解决之道,法家也同样认识到了忠孝的冲突性,以及绝不支持以子告父的行为。《淮南子·泛伦训》中也说,"直躬其父攘羊而子证之……直而证父,信而溺死,虽有直信,孰能贵之"②,尖锐地批判以子证父的行为。此二者,均与韩婴的立场是一致的。汉初虽大兴黄老之术,清静无为,然而继承自秦法的基本政治体制,保存着法家的内核。韩婴讲述石奢的故事并引孔子论直躬之事以论孝,完全符合汉初的时代精神,也就更易为汉初的帝王或朝臣所接受。而在他处,韩婴隐性否定强硬的解决方式,又可避免学理上的直接冲突,为其理论营造了和谐的生态。韩婴的学术中,已不止一次体现了这种与时偕行、善于变通的风格。

结　语

韩婴对孝的阐释,最突出的一条,便是当忠孝冲突时,先孝后忠。在韩婴看来,恪尽孝道首要的就是凡事应以事亲为先,特别当孝与其他行为,如为君尽忠、实现个人政治抱负、道义准则等产生冲突的时候,事亲应当是第一选择。韩婴在忠孝的矛盾中坚定选择孝,与他所处的历史时期息息相关,反映着儒家学说在"忠"与"孝"二者关系变迁中的一个阶段。

春秋时期礼乐文明下的政治结构,是纯粹由先天血缘等级构建权力秩序的一种结构形式,为儒家构建一套先天血缘关系超越

① 《韩非子》卷十九《五蠹》,第449页。
② 《淮南鸿烈集解》卷十三《泛伦训》,第442页。

世俗其他规则的理论,提供了深厚的土壤。儒家为了确立包裹在血缘之外的家庭间的秩序发展了"孝"的观念①,此时的"家天下"能够依靠同姓同源之"血"相凝聚,以伦理纲常划分权力等级,以等级协调政治规章,稳定社会秩序,"伦理本位者,关系本位也。非唯巩固了关系,而且轻重得其均衡不若一偏"②。"孝"的效益足以在其中展现。

但经过了秦的改造,法家重新建构的社会基层行政系统,从根本上摧毁了春秋战国以前的政治秩序。③ 汉朝的基础政治结构承袭秦代而来,已变革为后天以人力约定的一种公约性等级秩序,这时的"家天下"更充斥着大量非亲非故的外来者,为图确立尊卑、平衡权位,焕发全新政治结构的生命力,"忠"的号召力得到了蓬勃发展。

早期儒家言道德,必由亲亲而扩充为仁民爱物,此其根本大义,充分强调了"孝"的重要性,不容变革者也。④ 但随着历史发展,血缘的秩序逐渐被从表层剥离,嵌入了公约性的秩序中,仁民爱物的作用方式与亲亲的先决条件分道扬镳。儒家对"忠""孝"二者的定义与关系的态度也随之而流动变迁。"孝"的地位逐渐服从于"忠",但二者的冲突,持续贯穿在整个中国古代王朝的历史进程中。春秋战国时期,忠孝关系密切;两汉时期以孝为本,重视孝亲;魏晋之时,由孝发展出名教体系;唐代时,孝当移于忠;两宋之际,主流观念已完全转向先忠后孝、忠孝节义。

春秋时期,"孝道和传子的政治制度有密切的关系,甚至可以

---

① 参见徐复观:《中国孝道思想的形成、演变及其在历史中的诸问题》,《中国思想史论集》,上海:上海书店出版社,2005 年,第 134—135 页。
② 中国文化书院学术委员会编:《梁漱溟全集》第三卷,济南:山东人民出版社,2005 年,第 95 页。
③ 参见杜正胜:《编户齐民——传统政治社会结构之形成》第三章《地方行政系统的建立》,台北:联经出版公司,2004 年。
④ 熊十力:《读经示要》,上海:上海书店出版社,2009 年,第 110 页。

说是起于政治的传子制度"①,宗法与分封制正是建立在此基础上。在早期儒家的语境里,血缘派生出了群体性与等级性②,亲情成了这种伦理次序的依据,维持了春秋战国时期的社会秩序。旁支服从于正嫡、小宗听命于大宗、地方拱卫中央的政治形态,维系着国家与社会稳定。家国一体,忠孝之间不必泾渭分明。

汉初没有放弃同姓血亲分封,作为一个双重体制下的大一统中央集权国家,"忠""孝"各自所需的生存条件兼备。二者尚不能完全融合的这一特殊时期,汉代家与国的概念开始分道扬镳,忠孝需求产生了分歧,忠孝斗争已见端倪。可西汉初年却仍保有部分春秋时期的分封制,且地方封国不仅是同姓血亲,更握有充足的实权。汉初此举的本意是效仿"周朝立国,是大封同姓以控制异姓,并建立宗法制度以树立同姓内部的秩序与团结"③。然而惠帝崩逝之后的诸王夺权、文景政权交替之时的即位纠纷、景帝时期的七王之乱,皇权经年危于累卵,凡此种种,皆说明此时留存的分封余韵失去了旧时宗法与礼制的约束,权力的合法性失去清晰标准,国家社会也因此而动荡不安。

权力的资源分配法则与其来源息息相关,"孝""忠"二者实为不同权力体系下维护集权者地位的工具。春秋时期,从诸侯到卿士大夫的权力起源与延续,虽由功勋而命,但同姓同宗是一大重要依据。血缘伦理的"孝"是与之结合紧密的法则。以孝为本的儒家伦理,其根基不是社会普遍原则,而是家庭自然原则,不是社会公德或建立在公德上的私德,而是家族私德或建立在私德上的

① 徐复观:《中国孝道思想的形成、演变及其在历史中的诸问题》,《徐复观文集》第一卷,武汉:湖北人民出版社,2002年,第56页。
② "血缘亲情不仅构成了个体自立和普遍仁爱的本根基础,而且在人的存在中占据着至高无上的终极地位;相比之下,个体性和群体性则仅是派生从属的依附因素。"刘清平:《从传统儒家走向后儒家》,《哲学动态》,2004年第2期。
③ 徐复观:《中国孝道思想的形成、演变及其在历史中的诸问题》,《中国思想史论集》,上海:上海书店出版社,2005年,第57页。

公德。①

　　秦汉以后,天子选贤举能,以才、以需求为本,无须血缘相通,"忠"是纯粹的社会公德,或是建立在公德上的私德。"孝"因同姓封国林立而兴,"忠"由皇室渴望集权中央而起。忠所象征的政治道德本应因势利导,超越孝及其代表的"私德",但终究受制于中央皇权弱势而无力施为,最终反而与孝相杂糅,形成了一种汉初独有的、错综复杂的矛盾。汉朝初年特定的历史环境,先天血缘造就的伦常秩序依旧与后天人为制定的行政结构相互纠缠,注定了"忠"的领域必然受到"孝"的干扰。以忠孝关系及其代表的政治道德与社会道德的逻辑亟待重构,顺天应时地重置着正在剥离的"家"与"国"的概念及其相互关系。

　　故而汉初重拾了"孝"的宗法意义,由此将"忠"递归于"孝",强调"孝治",试图稳定地方同姓诸王与中央王室正统间的局势。儒家学说将国家与社会之间的关系视为家庭关系的扩展与延伸,只有明确了君与父、国与家、臣与子的关系,才能回归良性的君君、臣臣、父父、子子秩序,从而尽快稳定政治与社会秩序。汉初中央皇权力主孝治、重视家庭观念、实施春秋决狱,未尝不是影射宗法礼制,在休养生息、恢复生产之余以小见大地整顿社会与统治秩序的一种举措。

　　在儒家眼中,"家庭私德对于社会公德不仅具有本根性,而且具有至上性"②。于是,韩婴提倡亲亲相隐等原则,以孝为先,即是将孝、慈等建立在亲情基础上的道德原则置于优先地位③,以孝的规则定义后天约定而成的政治道德,以"私德"的要求定义"公德",

---

① 邓晓芒:《儒家伦理新批判》,重庆:重庆大学出版社,2010 年,第 163 页。
② 刘清平:《儒家伦理与社会公德——论儒家伦理的深度悖论》,郭齐勇:《儒家伦理争鸣集——以"亲亲相隐"为中心》,武汉:湖北教育出版社,2004 年,第 897 页。
③ 参见曾小五:《就"父子相隐"看儒家关于血缘亲情与道德法律关系的观念》,郭齐勇主编《儒家伦理争鸣集——以"亲亲相隐"为中心》,武汉:湖北教育出版社,2004 年,第 754 页。

并寄希望于其受众能时时以之为准绳。孝的含义中,对血亲的爱,是一切人之爱的根本。① 如果中央皇权以此为号召,诸侯王于情于理都应当积极响应,在亲缘关系上敬顺皇帝与太后,在政治等级上服从中央皇权。在理想的状况下,此举无疑是缓和中央与地方、皇帝与诸侯王间剑拔弩张的关系之良方。

费孝通将中国的社会格局命名为"差序格局",正是取其等级结构严明之特点。② "自唐虞三代以来,历世圣人扶持名教,敦叙人伦;君臣父子上下尊卑,秩序如冠履之不可倒置。"③尊卑伦常之念,影响了整个儒学发展史。寻常小家庭中有父子兄弟,诸侯王与汉皇血脉相连,同样可以构成一个大家庭。"孝"所代表的私人小家庭的人伦纲常,经此发扬升华,化身为围绕在皇权四周,同气连枝的大家庭的得失取舍、陟罚臧否以及尊卑等级。儒家的这种道义精神,可以缓和在实际的政治经济生活中,无法避免的利害冲突;既可以解决许多切实的内部问题,更可以在面对外来的压力和灾难时,不会因外部的压迫而解体,反而能加强其政权内部的团结。④

如果将汉初的中央地方视为一个整体结构,用"孝"的道德伦常来化解其内部矛盾,增强凝聚力,再合适不过。而皇帝与诸侯王共同凑成的家庭结构中,也完全可以借此明确等第、和谐关系、稳定秩序。儒家思想作为一种治乱世的手段,它是讲身份和按照身份讲服从的哲学,是专制的中央集权政治鼎盛时代所需的工具。⑤韩婴作为儒生,为了维护大一统的中央集权,举起孝的旗帜,正是看出汉初中央皇权孱弱,不妨以此宗族、血脉、伦理等精神理念及

---

① 丁为祥:《恕德、孝道与礼教》,郭齐勇主编:《儒家伦理争鸣集》,武汉:湖北教育出版社,2004 年,第 207 页。
② 费孝通:《乡土中国》,上海:上海人民出版社,2006 年,第 27 页。
③ 曾国藩:《讨粤匪檄》,《曾文正公全集》第七册,北京:中国书店,第 291 页。
④ 徐复观:《中国孝道思想的形成、演变及其在历史中的诸问题》,《中国思想史论集》,上海:上海书店出版社,2005 年,第 135 页。
⑤ 参见费正清:《美国与中国》,北京:世界知识出版社,1999 年,第 53 页。

道德秩序为凭借,维系中央皇权与宗室封王之间的关系,以免兵燹再起。

汉代中央王朝选择再次大兴孝义,"孝子善述父之志,故汉家之谥,自惠帝已下皆称孝也"①,整个汉代都笼罩在孝道的光环下。汉代的法典中有大量关于亲属及社会身份的特殊规定,这些特殊规定与一般的规定并存于法典中,运用的原则是特殊的规定优先于一般的规定,②这些都是为了突出亲亲的伦理道德关系,重新将"孝"带回经历了秦法洗礼的社会生活和政治权力中。韩婴的学术也自然而然会受到中央皇权的青睐。

刘邦初封刘濞为王,相者言刘濞有反相,然封王已成定局,故不得已以"天下同姓为一家也,慎无反"③来训诫刘濞,希望他好自为之,安分守己。刘濞年迈,称病不朝,汉文帝不仅没有降罪于他,甚至赐杖免朝。此乃"变原来的被动服从中央为主动维护中央:既然'天下同姓一家',就要主动维护刘家天下,维护皇帝尊严"④。吕后为了巩固权位,不惜跨越伦常的刘吕婚姻关系,以外孙女妻刘盈,以其妹之女妻刘邦堂弟刘泽,以其侄孙女妻刘邦之子刘恢等。文帝宣扬孝悌伦理,能够深刻展现当朝之治远胜前朝之乱,更得民心之所向。文帝最终回归儒家世卿遗法,同韩婴相类的贾谊,在文帝时期,针对地方封国问题也付出了多番努力,略见成效。《孝经》在文帝至武帝年间被列入经学博士的科目,并在官学中教学传习,亦当为汉初政权将"孝"融入官方意识以宣扬君父、臣子等级秩序的努力之一。

"忠与孝在逻辑、宗旨和内容上大体相似,在功能上相互补

---

① 参见《汉书》卷二《惠帝纪》颜师古注,第85页。
② "在不适用特殊规定时才适用于一般的规定。这是中国古代法律的一个特点。"瞿同祖:《瞿同祖法学论著集》,北京:中国政法大学出版社,1998年,第405页。
③ 司马迁:《史记》卷一百六十《吴王濞列传》,第2821页。
④ 臧知非:《论汉文帝"除关无用传"——西汉前期中央与诸侯王关系的演变》,《史学月刊》,2010年第7期。

充。"①因此，历任汉廷五经博士与地方诸侯王太傅的韩婴，通过自身的学术架构，弘扬孝及其所代表的社会道德，提倡孝先于忠，应当既是他作为儒生所代表的韩诗学派的学术特色，也是他作为汉初高官顺应现实需求的政治主张。景帝信任晁错，反文帝之道而行之，锐意冒进、激进削藩，韩婴柔和的政治策略不再受到欢迎。韩婴在景帝时期离开了中央，前往地方王国出任太傅，想必与此不无关系。但就《韩诗外传》的整体风格而言，韩婴应当从未放弃其变通而柔性之儒术。

---

① 刘泽华：《中国的王权主义》，上海：上海人民出版社，2000 年，第 253 页。

第五章 《韩诗外传》与汉初政治的适配性

一、《韩诗外传》的个人风格与时代特色

《韩诗外传》是一本颇具时代性的经学著作,韩婴博采众长,因时制宜,树立了其独特的儒学风格,为韩诗学派赋予了浓郁的个人特色。

先秦两汉的思想家们阐述各自思想学术,一般有两种方式:"一种方式,或者可以说是属于《论语》《老子》的系统。把自己的思想,主要用自己的语言表达出来,赋予概念性的说明。这是最常见的诸子百家所用的方式。另一种方式,或者可以说是属于《春秋》的系统。把自己的思想,主要用古人的言行表达出来;通过古人的言行,作为自己思想得以成立的根据。这是诸子百家用作表达的另一种特殊方式。"①综观《韩诗外传》,韩婴无疑选了第二种方式,通过古人的言行故事阐发义理,微言大义,最后加以子曰诗云、断章取义、升华道义,使之为自己的学术理论、政治立场背书。

《韩诗外传》中体现出的韩婴学术风格,其一,是韩婴选择性地继承了春秋战国时期的儒学,并对其进行了改造,在复古中赋予其学术时代性。

战国晚期,孟子、荀子将儒家学说引向了两个截然不同的方

---

① 徐复观:《两汉思想史》第三卷,上海:华东师范大学出版社,2001年,第1页。

向,孟子重义理之辨,荀子重礼法实践,开辟出了中国古代儒学传统中两条并行的道路。汉初的韩婴,距离两条道路的分岔之处并不遥远。但他没有简单地沿着其中之一继续前行,反而逆流而上,追寻年月更为久远、儒学门派尚未泾渭分明的时代,回到那个对各种概念的理解、各种准则的阐释,都更为丰富而包容的阶段。

韩婴提倡的孝,与孟子颇有相通之处,但远不如孟子激烈、不如孟子理论化,韩婴的表达,更像从《论语》《礼记》等更早期的思想中汲取了主要养分。韩婴也提倡礼法之制,强调等级秩序的作用,但韩婴的"礼"因情而生、因欲而行,较之荀子的"礼法之大分",又多了些许主观化的色彩,而这种观念,依然可以从"礼者,和为贵","克己复礼为仁"等早期儒学中,窥见蛛丝马迹。因此,韩婴的学术风格,应当是更倾向于儒学尚未完全分化,各派各家各择其一而针锋相对的时代。

这种"复古性"并不是纯粹信而好古、敏以求之的兴趣使然,而是韩婴针对汉初特殊的政治与社会状态,有目的地精选了数百年儒家学术之府,打造出一套其独有的思想武器。汉初保留了秦代以来的博士官制度,韩婴也在文帝时期成为最早的专经博士之一。在黄老道家风行的汉初,他获得皇帝的认可与支持,无疑能为竞争中先天不利的儒学雪中送炭。韩婴从中央皇权的角度出发,酌古斟今,针对其卧榻之侧的顽疾,提出一系列缓解之法。这不仅可以有助于韩婴在中央政权中站稳脚跟,也有利于儒学的生存发展。从结果来看,韩婴平稳度过了文帝一朝,景帝时期出任地方诸侯王太傅也善始善终,武帝时期又再次回到了中央,韩婴的选择,应当收到了积极的效果。

其二,韩婴摒弃学派之局囿,采用了不少能够与黄老道家、名法家形成共识的观点,提高其学术的兼容性,以增强互信度与接受度,降低其学术推广的成本。

西汉初年,黄老道家的思想广受欢迎,从皇帝到重臣,皆好此道。刘邦入关后,约法三章,"余悉除去秦法"①,登基后也保持了这一传统,"高帝悉去秦仪法,为简易"②。"《诗纬》云:'风后,黄帝师,又化为老子,以书授张良'"③,张良一向被视为秦汉道家学术的代言人,"老氏不犯手,张子房其学也"④。跟随刘邦建立汉朝,数度参与左右汉初政权之事,至文帝朝仍屹立不倒的陈平,也被评价为"陈丞相平少时,本好黄帝、老子之术"⑤。汉初君臣的学术基础,使得在政治思想方面,无为而治等说,在汉初占据绝对的主流地位,萧规曹随的曹参明言,"高皇帝与萧何定天下,法令既明具,陛下垂拱,参等守职,遵而勿失,不亦可乎"⑥。儒家学说比之黄老,其弱甚矣。

于是,韩婴在阐述其关键的政治议论时,特意挑选了与黄老道家存在共鸣的切入点。如借黄老道家关注的阴阳灾异的名目,导向君臣名分有定、不得逾越;利用周公这一儒家与黄老道家共同的政治偶像,宣传臣子不应擅权、辅政者不可凌越主政者等政治意义;主张黄老思想中同样存在的积阴德以得阳报、隐行以获昭名的君主管束臣子之法,拉拢臣民,缓和君臣矛盾;以黄老道家不会排斥的"继绝世,举废国"的思想,指导削弱地方诸侯国,加强中央集权的措施;使用与黄老道家"君无为而臣有为"共性明显的宽仁、柔和为本的立场,劝谏君主,温和地处理权力斗争等。这些议论所针对的问题,都是急君王之所急。韩婴巧妙地提取了儒学中双方都能来者不拒的论点,在汉初君臣间推广个人学术,有力地降低了受众的抵触感。否则即使君王接受了这些观念,也无法将其与相应的政治手段结合并推行。

---

① 班固:《汉书》卷一《高帝纪》,北京:中华书局,1964 年,第 23 页。
② 《汉书》卷四十三《郦陆朱刘叔孙传》,第 2126 页。
③ 《史记》卷五十五《留侯世家》,第 2049 页。
④ 《朱子语类》卷一百二十五,长沙:岳麓书社,1997 年,第 2696 页。
⑤ 《史记》卷五十六《陈丞相世家》,第 2062 页。
⑥ 《汉书》卷三十九《萧何曹参传》,第 2020 页。

有限的历史记载中，韩婴的政治活动并没有留下过多痕迹。但他个人历宦三朝，仕途平稳；他所率领的韩诗学派于汉初逐渐成形后，在两汉一直拥有一定影响力。从中可以推测，韩婴及其学派的学术理念，在文景之时，获得了相应的生存空间，没有被彻底排除在政治核心之外。

其三，韩婴的学术并不纯然是形而上的理论知识和道德价值，他有经世致用的政治抱负，针对汉初的政治局势和君王性格，整理出了一套顺势而为的柔性战术策略。以学术为名，以《诗》为证，行政论之谏。在韩婴的学术思想中，潜伏着其精妙而温柔的政治智慧。

在君臣关系上，韩婴并没有直接指责位高权重的军功地主集团已威胁到了皇帝集权，没有直接批判各诸侯王们屡屡生事、挑衅中央皇权。他以名分不顺则灾异至，臣子不安分守己则人祸起，天下皆因之而乱，又以春秋故事、微言大义警示各位不轨的臣王，鞭策王侯们恪守臣道；树立具象的前贤典范，激励臣子王侯们见贤思齐。当面对皇帝时，韩婴又讲述了数则春秋时期贤王明君如何对待功臣、诸侯的先例，暗示君王欲终取之必先予之，表面上必须先善待、厚待位卑于己、势强于己的对手，改变不可大刀阔斧，不可轻率冒进；但君王更不能因此在权力与地位的争斗中掉以轻心，必须坚守底线，无为而治，不能令关键实权借手他人。这些策略，相较于直接削藩、严惩其过的观点，无疑是柔和的。

为了巩固这些实际的措施，韩婴又将"礼"与"孝"两义作为基础，以提供理论上的支持。在韩婴的学说中，礼是人情的载体，是人之欲望的一种满足方式。此时的礼治，便带有顺人情而尽人欲的主观色彩，并不仅仅是严苛礼法之政。而"孝"，更是情感伦理的一种表现形式，韩婴通过宣传孝道及其孝先于忠、孝兼容忠的理论，尝试回顾春秋宗法礼乐文明下的社会规范，从情感上约束由血缘关联的诸王，将皇权与王国之间的对立关系，归于大宗与小宗、兄弟与叔伯间的亲缘关系,尽力化干戈为玉帛,维系双方的平衡与稳定。这种情感性的理论依据,与柔和的政治手段相辅相成,一并构成了韩婴具有个人特色和时代因素的柔性儒术。

> 昔者太公望周公旦受封而见,太公问周公何以治鲁?周公曰:"尊尊亲亲。"太公曰:"鲁从此弱矣。"周公问太公曰:"何以治齐?"太公曰:"举贤赏功。"周公曰:"后世必有劫杀之君矣。"后齐日以大,至于霸,二十四世而田氏代之。鲁日以削,三十四世而亡。犹此观之,圣人能知微矣。《诗》曰:"惟此圣人,瞻言百里。"①

韩婴在《韩诗外传》末章末节,为其相辅相成的柔性儒术作了精确的形容。尊尊亲亲即春秋礼乐之法,是韩婴的学说中先天道德、伦常与"情"的一面。过分依赖之,难以强国。举贤赏功则是后天政治秩序的表现形式,为避免过度依赖功臣而导致以臣凌君,必须进行弱枝强干式的改变。行之过甚,则无法凝聚人心,同样危及统治。这无疑是韩婴对全书作出的总结:在行"礼""孝"等春秋礼乐指导思想与明法强国之间,必须取法乎中,二者相济。韩婴承认加强中央集权的必要性,但坚持应当采取刚柔并济的措施才能维持国家长治久安。在全书章首开宗明义推出"孝"之道后,韩婴的收官之言,则总结了其调和的柔性的变通之术。首尾呼应,足见全书主旨。

《韩诗外传》由韩婴"推诗人之意而作外传数万言,其语颇与齐鲁间殊"②,可见韩婴之术,与其他诗学家并不相类。韩婴"其人精悍,处事分明",学养深厚,即使与董仲舒辩难,也不示弱。韩婴对于汉初的形势判断,自有其独到之处,这种在儒生中颇有代表性的

---

① 《韩诗外传集释》卷十,第364—365页。
② 《汉书》卷八十八《儒林传》,第3124页。

柔性儒术,当是其精心筹谋的成果。

二、汉文帝政治风格的可能诱因

政通人和、天下归心、物阜民丰是帝王与忠臣的共同理想,只是不同的帝王、针对不同的政治局面,实现的方式天差地别。韩婴凭借这一套曲径通幽般的柔性儒术,能够在文帝时期的中央得到立足之地,景帝时却退居边缘,这与文帝个人的经历与性格有一定关联。

第一,文帝身为刘邦第四子,母妃又不得宠,皇后也无家世倚仗,封国与长安联系松散,先天条件弱,在即位后的权力斗争中天然处于劣势。因此,少年时在夹缝中求生的经历,使得文帝逐步形成以弱胜强、以柔克刚的政治风格。

文帝刘恒,为刘邦与薄姬之子。"秦时与故魏王宗家女魏媪通,生薄姬。"魏国成为汉朝之郡后,薄姬被掳入织室为工,"汉王入织室,见薄姬有色,诏内后宫"。薄姬身为私生女,又以俘虏之身从战败之国进入汉朝宫廷为奴,只是因为姿色出众才被刘邦纳入后宫为妃,这一出身使她在汉初的宫廷斗争中天然处于下风。自入宫之后,"岁余不得幸",在宫廷中并无立足之地。最终,因为她与刘邦喜爱的夫人们亲好,彼此约定"先贵无相忘",被夫人们守诺向刘邦引荐,获得刘邦的同情,才得到宠幸,"汉王心惨然,怜薄姬,是日召而幸之"。薄姬也趁此机会,生下了刘恒,"一幸生男,是为代王"。但这份恩宠并没有维持多久,"其后薄姬稀见高祖",薄姬处境惨淡,即使拥有一位皇子,也不能避免激起在刘邦去世后,急于掌握权力、排除异己的吕后之嫉妒心与怀疑心。然而因祸得福,母子二人被驱逐出宫廷,平安前往代国封地,幸免于难。[1] 这充分说明了,薄姬母子的地位在高祖诸王子、吕氏外戚们中,显得多么微

---

[1] 详见《史记》卷四十九《外戚世家》,第 1971 页。

不足道。刘恒的妻子窦氏及其家族,也远不具有日后景帝、武帝时期的影响力。窦姬只是一个普通的良家女子,"窦姬家在清河,欲如赵近家,请其主遣宦者吏:'必置我籍赵之伍中。'宦者忘之,误置其籍代伍中。籍奏,诏可,当行。窦姬涕泣,怨其宦者,不欲往,相强,乃肯行"①。她的要求被轻松遗忘,她心有不甘也只好悲泣埋怨,最后被迫前往代国,如果她当时已具备高明的手段,或者她的家庭在朝中有所建树,她的遭遇当不至于此。

戚夫人与赵王如意至少一度得到刘邦青睐,而吕后"为人刚毅,佐高帝定天下"②,其兄弟逮高祖而侯者三人,同时在前朝拥有张良等重臣的支持,在与刘邦关于太子废立的政治斗争中,甚至占据上风。班固说,"自古受命帝王及继体守文之君,非独内德茂也,盖亦有外戚之助焉"③,而刘恒早年的人生,缺乏皇帝和外朝支持又是相对明确的。因而对于刘恒来说,他的帝王之路的起点,远落后于竞争对手。

刘恒生于高祖四年,高祖十一年被封为代王,离开长安前往封地后,十七年内一直游离在汉朝核心政权之外。惠帝七年秋,吕后"使使告代王,欲徙王赵。代王谢,愿守代边"④。刘恒拒绝了吕后的提议,具体原因并没有清晰的记载,但可从旁推测一二。吕后"盖诚以少帝年少,欲借外戚以为夹辅,亦特使与刘氏相参"⑤,希望借重分封吕氏外戚拱卫于外,分割刘氏宗亲力量,维持吕氏对中央政权的控制。刘恒尽管年仅加冠,已在代国经营了七年,长安无援又贸然更换封地,损己利人、得不偿失。刘恒此举,可以理解为一种保存实力的谨慎举措。刘恒括囊避咎的处事风格,在此已见端倪。

---

① 《史记》卷四十九《外戚世家》,第 1972 页。
② 《汉书》卷九十七《外戚传》,第 3937 页。
③ 《汉书》卷九十七《外戚传》,第 3933 页。
④ 《史记》卷九《吕太后本纪》,第 404 页。
⑤ 吕思勉:《秦汉史》,上海:上海古籍出版社,2008 年,第 67 页。

第二,文帝即位的理由缺乏传统合法性背书,因功臣推举而黄袍加身可一也可再,权力更迭的危机在汉初挥之不去。文帝立足未稳,无法旗鼓相当地与威胁者对抗,他青睐和风细雨式的策术,剪除异己以自保,自然顺理成章。

汉初诸功臣"诛吕安刘"后共同商议,选择刘恒为下一任刘氏帝王。

> 诸大臣相与阴谋曰:"少帝及梁、淮阳、常山王,皆非真孝惠子也。吕后以计诈名他人子,杀其母,养后宫,令孝惠子之,立以为后,及诸王,以强吕氏。今皆已夷灭诸吕,而置所立,即长用事,吾属无类矣。不如视诸王最贤者立之。"或言"齐悼惠王高帝长子,今其适子为齐王,推本言之,高帝适长孙,可立也"。大臣皆曰:"吕氏以外家恶而几危宗庙,乱功臣今齐王母家驷(钧),驷钧,恶人也。即立齐王,则复为吕氏。"欲立淮南王,以为少,母家又恶。乃曰:"代王方今高帝见子,最长,仁孝宽厚。太后家薄氏谨良。且立长故顺,以仁孝闻于天下,便。"乃相与共阴使人召代王。代王使人辞谢。再反,然后乘六乘传。后九月晦日己酉,至长安,舍代邸。大臣皆往谒,奉天子玺上代王,共尊立为天子。代王数让,群臣固请,然后听。[1]

诸大臣相密谋的结论包括三层含义。其一,吕氏不仁不义,其罪当诛,皇权必须尽归于刘姓。说明其人依然认为,天命在刘氏,大统不可乱。其二,梁王、淮阳王、常山王等与少帝身份相同,并非惠帝一脉的皇子,不可立。说明其时仍旧重视父子相继的次序法则。其三,诸吕既诛,"吾属无类矣",权臣自有飞鸟尽,良弓藏之惧,故而需择贤而立。这里的"择贤",自然并非考校继任者治国安

---

[1] 《史记》卷九《吕太后本纪》,第 410 页。

民的才干品德,而是诸大臣亟须的、不会因功高震主而危及他们自身的保障。

结合这几重要求,诸大臣比较了几位符合要求的人选。齐悼惠王刘肥之嫡长子齐王,为高祖长子长孙,拥有长子继承的法理性优势,但是母族不善宛如吕氏,立之有重演外戚乱政的危险。淮南王刘长,年纪过轻,法理上容易予人口实,拥戴其即位也同样具有外戚强势之隐忧。而代王刘恒,既是高帝在世之子中最年长者,勉强合乎长子继承的准则,且母族薄氏恭谨顺良,当无外戚之患,这才获得诸大臣的一致同意。可见,刘恒胜出的理由,重在母族势单,才迎合诸平叛权臣的拥戴。

依史载,刘恒对这次谋划并不知情,陈平、周勃迎其入京时,刘恒时刻警惕,一再提防,与代国众臣聚议、与太后计、卜卦后,方才上路。途中又停在高陵静观其变,派亲信宋昌先至长安打探虚实。前文业已论述,文帝在登基当夜,即一手封赏拥立之诸功臣,一手以亲信把守宫城与皇城,软硬兼施,以策万全。这不仅再次说明了刘恒小心谨慎的行事风格,也说明刘恒清醒地意识到了他的处境:"天命"并不掌握在自己手里,继承权取决于他人的认可。

惠帝以名正言顺的太子身份即位,吕后与张良等人,为了保护这一身份殚精竭虑。而文帝无法以先王所立太子名分继承皇位,甚至无法像胡亥一样拥有一纸诏书,仅凭在高祖剩余诸子中居长,母妃又无宠无封更无权势。无论如何,文帝都无法以嫡长子身份继承,为自己的帝位合法性正名。由于少帝的身份在当时不被认可,文帝名义上继惠帝位,直接体现了"兄终弟及"的结果。少帝废于权臣,济川王刘太、淮阳王刘武、常山王刘朝等见诛,而弟继兄位,文帝的兄弟子侄未尝不野心勃勃、枕戈待旦。如果权臣们不满,文帝重蹈少帝覆辙指日可待。毕竟诸吕之亡,即起于"灌婴与齐楚合从"①。

① 《史记》卷九《吕太后本纪》,第 409 页。

文帝立太子之时,仍然战战兢兢,不敢莽撞。第一次纳谏时说:"元年正月,有司请蚤建太子,所以尊宗庙也。诏曰:'联既不德,上帝神明未歆飨也,天下人民未有惬志。今纵不能博求天下贤圣有德之人而擅天下焉,而曰豫建太子,是重吾不德也。谓天下何?其安之。'"①群臣再权,文帝第二次推辞道:"楚王,季父也,春秋高,阅天下之义理多矣,明于国家之大体。吴王于朕,兄也,惠仁以好德。淮南王,弟也,秉德以陪朕。岂为不豫哉!诸侯王宗室昆弟有功臣,多贤及有德义者,若举有德以陪朕之不能终,是社稷之灵,天下之福也。今不选举焉,而曰必子,人其以朕为忘贤有德者而专于子,非所以忧天下也。朕甚不取也。"②各司仍固请,文帝才立长子刘启为太子,后为景帝。这两次"谦让"之辞,直接道出了文帝最深的恐惧,文帝以"兄终弟及"得位,而彼时文帝尚有诸兄弟子侄在,有朝一日亦可援其即位之例,后顾之忧甚众。

在此情况下,文帝如履薄冰,自言"会吕氏之乱,功臣宗室共不羞耻,误居正位,常战战栗栗,恐事之不终"③。苦心孤诣,确保自己不成为下一个少帝,也成了文帝的当务之急。力不能敌,则避其锋芒,使用更为温和的方式对待权力斗争,这无可厚非。

第三,文帝前半生的经历奠定了其政治风格的基础,文帝登基后集中权力的政治活动成败,为之提供了经验与教训。文帝在实践中不断调整,最终形成了被后世称道的以柔术治天下的政治风格。

汉初之时,处于权力中枢的重臣们——列土封疆,或为军功地主于中央威慑汉皇,或为诸侯王对皇位虎视眈眈。"诸将与帝为编户民,今北面为臣,此常怏怏,今乃事少主,非尽族是,天下不

---

① 《汉书》卷四《文帝纪》,第 111 页。
② 《史记》卷十《孝文本纪》,第 419 页。
③ 《史记》卷二十五《律书》,第 1242 页。

安。"①诸王"自天子以至封君汤沐邑,皆各为私奉养,不领于天子之经费"②。军功权臣与诸侯王既有不奉天子的勇气,也有不奉天子的实力。这种自刘邦立朝便埋下的隐患,一直蔓延至武帝时期。迫于形势,文帝登基后,便渴望早日将权力收归中央。文帝的各种尝试有成有败,摸索尝试中,他领悟到柔和而非针锋相对的方法对加强中央皇权更有利。

如何处理与周勃的关系,是文帝即位初年的一次大胆尝试。不过这次尝试的结果并非尽善尽美。周勃、陈平韬光养晦,铲除诸吕,扶植文帝。灌婴与齐王之间,先合后分,最终倒向文帝。尽管他们最终选择了文帝,但此等朝夕之间可令江山易主的力量,不能不为文帝所忌惮。文帝登基之后,封周勃为右丞相、万户侯,周勃之子还迎娶了文帝的公主;陈平为左丞相;灌婴接任周勃为太尉,与陈平俱为三千户侯。此三人,诚为外朝之首,力量不容小觑。如果诸位三朝老臣陈平、周勃等人意图再兴废立,文帝的力量,实难以抗衡。按袁盎之语,"所谓功臣,非社稷臣"③。因而文帝自登基之始,即同时开始培植亲信势力,封中尉宋昌为卫将军、壮武侯,掌管南、北两军;"诸从朕六人,官皆至九卿"④,以分诸老臣之权,然而收效甚微。"绛侯为丞相,朝罢趋出,意得甚,上礼之恭,常目送之"⑤,可见其骄。于是,文帝采纳了袁盎的建议,"陛下谦让,臣主失礼,窃为陛下不取也",一边以严肃的态度对待周勃,"上益庄,丞相益畏";一边在"明习国家事"、对朝局有一定把控后,在朝堂上以国家一年断案的数量、国家一年税收的金额诘难周勃,使其"惧,亦自危,乃谢请归相印"。此为周勃第一次罢相。陈平病逝后,文帝不得已第二次任用周勃为相。文帝此时正督促诸王离京就国,即

① 《史记》卷八《高祖本纪》,第 392 页。
② 《汉书》卷二十四上《食货志》,第 1127 页。
③ 《史记》卷一百一《袁盎晁错列传》,第 2737 页。
④ 《史记》卷十《孝文本纪》,第 420 页。
⑤ 《史记》卷一百一《袁盎晁错列传》,第 2737 页。

以"前日吾诏列侯就国,或未能行,丞相吾所重,其率先之"的理由,逼迫周勃尽快离开长安。周勃就国后便一直深恐文帝加害,"每河东守尉行县至绛,绛侯勃自畏恐诛,常被甲,令家人持兵以见之"。如此寝食难安,可见文帝打压之心甚重。不久之后,周勃又被告发谋反,文帝将其下狱严审,周勃贿赂狱卒,请儿媳公主向薄太后求救,才得以赦免。周勃因此感叹道:"吾尝将百万军,然安知狱吏之贵乎!"一代功臣,却为狱吏所辱,晚景萧疏,司马迁也对周勃的下场表示惋惜。尽管文帝达成了目的,但他处理周勃的雷霆手腕,也为其他功臣和王室,敲响了警钟。

荀悦评价文帝道:"夫以绛侯之忠,功存社稷,而犹见疑,不亦痛乎!"①观文帝之行,此事可能产生的影响,文帝当时显然已有所认知。周勃之事,在对待元老和诸王的方式上,成为文帝集权过程中的少数反面教材之一。

文帝时期,另一个遭到类似严厉处理的案例,是淮南王涉嫌谋反一案。文帝六年,淮南王"令男子但等七十人与棘蒲侯柴武太子奇谋,以辇车四十乘反谷口,令人使闽越、匈奴"。淮南王里通外国,谋反悖逆罪名无可洗脱,但是七十人、四十乘的规模,也并不宏大。但淮南王却被"丞相臣张仓、典客臣冯敬、行御史大夫事宗正臣逸、廷尉臣贺、备盗贼中尉臣福昧死言",请求严惩不贷。文帝三让,"朕不忍致法于王",终"乃遣淮南王,载以辎车,令县以次传"。淮南王不堪其辱,言"吾以骄故不闻吾过至此。人生一世间,安能邑邑如此",绝食而死于道。②

文帝反复表达不忍惩罚淮南王,更近似于展示一种宽仁姿态,而非真心赦免他。文帝之"让",于其登基之际,已有一次完美的展示。丞相陈平、太尉周勃、大将军陈武、御史大夫张苍、宗正刘郢、

---

① 荀悦撰,张烈点校:《两汉纪》卷八《孝文纪皇帝纪下卷》,北京:中华书局,2002 年第 119 页。
② 《史记》卷五十八《淮南衡山列传》,第 3076—3080 页。

朱虚侯刘章、东牟侯刘兴居、典客刘揭迎文帝入京,跪拜之时,文帝西乡让者三,南乡让者再,曰:"奉高帝宗庙,重事也。寡人不佞,不足以称宗庙。愿请楚王计宜者,寡人不敢当。"群臣再请,文帝曰:"宗室将相王列侯以为莫宜寡人,寡人不敢辞",①方即天子位。这样的政治表演,文帝显然十分娴熟。在军功权臣意图根除淮南王之时,文帝假意推托并施以重罚,与其处置周勃相类,都是急于控制权力、展示帝王权威性的一种表现。

而这一次急功近利,结果也近似于周勃之事。淮南王之死,令文帝深感恐惧,"上哭甚悲,谓袁盎曰:'吾不听公言,卒亡淮南王。'"文帝之惧,无非担心其他王室子弟为免遭同样的下场而主动反抗。于是袁盎为文帝提出的解决之法是,一边将"诸县传送淮南王不发封馈侍者"弃市,平息相关人等的怒气,一边"以列侯葬淮南王于雍,守冢三十户",②安抚淮南王的亲眷。此外,纳袁盎之谏,以孝义之行证明自己爱家人兄弟之心,缓和与诸侯王的关系。两年后,封淮南王仅七八岁的四子各为王侯,以彰关怀之意,以安他人之心。但这件事并没有就此结束,四年之后,文帝十二年,针对淮南王之死,民间出现了"一尺布,尚可缝;一斗粟,尚可舂。兄弟二人不相容"的歌谣,文帝不得不感慨"尧舜放逐骨肉,周公杀管蔡,天下称圣。何者? 不以私害公。天下岂以我为贪淮南王地邪?"③不得不进而复淮南王爵位、采邑等。文帝十六年,又徙淮南王喜复故城阳,并令淮南王诸子皆复得厉王时地,参分之。文帝在位二十三年,淮南王一案的影响,已经覆盖了其中一半,远胜于刘章、刘兴居等事件。

文帝恐惧于严厉处置淮南王带来的后果,多年致力于全面弥补,而其弥补之法转向怀柔而非威慑,这足以说明,文帝已经在刚

---

① 《史记》卷十《孝文本纪》,第 416 页。
② 《史记》卷五十八《淮南衡山列传》,第 3080 页。
③ 同上。

毅的集权方式中汲取了教训，感受到了柔和的帝王术带来的益处。当吴王犯上之时，文帝念其老而赐杖，以柔克刚最终得到了理想的结局。苏辙赞文帝曰："汉文帝以柔御天下，刚强者皆乘风而靡。尉佗称号南越，帝复其坟墓，召贵其兄弟。佗去帝号，俯伏称臣。匈奴桀敖，陵驾中国。帝屈体遣书，厚以缯絮。虽未能调伏，然兵革之祸，比武帝世，十一二耳。吴王濞包藏祸心，称病不朝。帝赐之几仗，濞无所发怒，乱以不作。使刘恒尚在，不出十年，濞亦已老死，则东南之乱，无由起矣。"①正如此意。

文帝不断从柔和含蓄的集权之术中获益。除了礼敬军功权臣、宽待诸侯王，宣扬孝义以定伦常外，文帝进一步发展到礼仪层面，将统治秩序神圣化，并指定各种宗教礼仪来维护这种秩序。②文帝在定朝仪上付出的努力，虽有牺牲，但也有所斩获。

文帝七年九月《朝仪》诏书中有言："诸侯王谒拜，正月朝贺及上计，饬钟张虡，从乐人及兴、卒。制曰：可。孝文皇帝七年九月乙未下。"③诏书中体现了文帝改历法、定上计、变礼乐的三重要求。

定历法，是为了改诸侯朝贺之礼，由十月入京朝贺改为正月，并将上计之时与朝贺之时统一。"正"之时，对于王者意义非凡。《春秋经》"元年春，王正月"，《公羊传》释曰："元年者何？君之始年也。春者何？岁之始也。王者孰谓？谓文王也。曷为先言王而后言正月？王正月也。何言乎王正月？大一统也。"④"正"月之于大一统的意义，不言自明。汉文帝此举，无疑是提高中央皇权威严的努力之一。

---

① 苏辙著，曾枣庄、马德富校点：《栾城后集》卷七《历代论·汉文帝》，上海：上海古籍出版社，1987 年，第 1221 页。
② 陈荣富：《宗教礼仪与文化》，北京：新华出版社，1992 年，第 40 页。
③ 甘肃简牍博物馆等编：《肩水金关汉简》（四），上海：中西书局，2015 年，第 122 页。
④ 李学勤主编，《十三经注疏》整理委员会整理：《公羊传注疏》卷一，北京：北京大学出版社，1999 年，第 1 页。

变礼乐,"饬钟张虡,从乐人及兴、卒"。礼乐作为儒家学术在春秋最典型的外化特质,每一次改革和重申,都是为了完成儒家学术最核心的目标,分等第、定名分,维护统治秩序。刘邦朝有叔孙通定礼仪后,朝"无敢欢哗失礼者"。[①] 文帝此举,自然也是为了达到树立中央权威,震慑诸侯王,进一步加强中央集权的目的。

文帝七年的诏书,应当收到了一定成效。礼乐、朝仪的顺利修订,加强了文帝掌控中央权力的信心,也鼓励了其他人继续以礼仪之法,与文帝互动,参与中央政权。

文帝十三年,鲁人公孙臣上书言汉当为土德。时任丞相张苍支持汉为水德论,故公孙臣不得用。三年后,"黄龙见成纪,文帝乃召公孙臣,拜为博士,与诸生草改历服色事"[②]。四月,文帝始郊见雍五畤祠,衣皆上赤,说明文帝已经开始推行公孙的祥瑞及德运了。

文帝十六年,"(赵人)新垣平以望气见,颇言正历服色事"[③],新垣平以望气受宠于文帝,称长安东北有五彩神气,当立祠上帝,以合符应。文帝因此作渭阳五帝庙,且于次年行郊祀之礼,又命博士生作《王制》,备议巡狩封禅之事。新垣平因此而官至上大夫。第二年,新垣平再献祥瑞,"使人持玉杯,上书阙下献之"[④],杯上刻有"人主延寿"字样,因此文帝改后元年。仅管祥瑞的真假无从得知,如顾颉刚就认为公孙臣涉嫌造假。[⑤] 但文帝借新垣平立庙、郊祀、作《王制》之新礼、改元,并准备行封禅大礼,每一条都旨在借国家祭祀实施奖惩,恩威并施,挟神灵而显君威,提高中央皇权地位,加强中央皇权威慑力,打击地方诸侯王擅权,进一步规范统治阶层的等级秩序。中央皇权的权力来源,需要一定合法性,而合法性表

① 《汉书》卷二十二《礼乐志》,第 1043 页。
② 《史记》卷二十八《封禅书》,第 1381 页。
③ 《史记》卷二十八《封禅书》,第 1382 页。
④ 《史记》卷二十八《封禅书》,第 1383 页。
⑤ 顾颉刚:《顾颉刚古史论文集》,北京:中华书局,1988 年,第 282 页。

现在意识形态上,更是一种对符号和象征的普遍认同,创造新的政治象征,就可以更确切地表达新秩序的理想与原则。①

古代国家祭祀不仅参与政治合法性的建构,还成为统治者实施社会控制的重要工具,为古代权力秩序的"超稳定"延续起到了重要的支撑作用。② 这种工具的效果显著,但方式却更显温和。高祖二年,"二月癸未,令民除秦社稷,立汉社稷,施恩德,赐民爵"③,便是为了清理秦代遗留的影响力,打造新汉朝的神圣性与权威性,争取民心。

贾谊也认识到了礼乐对于正名分、定尊卑的作用。"谊以为汉兴二十余年,天下和洽,宜当改正朔,服色制度,定官名,兴礼乐。乃草具其仪法,色上黄,数用五,为官名悉更,奏之。文帝谦让未皇也。然诸法令所更定,及列侯就国,其说皆谊发之。"④文帝又一次口头"谦让",实际上还是接受了贾谊的提议。在淮南王一案的后续处理中,文帝"继绝世"而复立其子分其地的弥补方式,也与韩婴和贾谊的建议不谋而合。

绛侯周勃、灌婴、东阳侯、冯敬等人攻讦贾谊,"洛阳之人,年少初学,专欲擅权,纷乱诸事"。文帝因此疏远了贾谊,以之为长沙王太傅。据考证,文帝令周勃于三年十一月回绛,贾谊于同年赴长沙任太傅。⑤ 前文已证,文帝间接地实践了贾谊的建言献策,又使周勃与贾谊双方都离开了京城,加之文帝对待周勃的态度,这对贾谊无疑是一种保护。

---

① [美]崔时英著,张慧芝、谢孝宗译:《理性的仪式:文化、协调与共通认知》,台北:桂冠图书股份有限公司,2004 年,第 31 页。
② 详见廖小东:《政治仪式与权力秩序:古代中国国家祭祀的政治分析》,北京:中国社会科学出版社,2013 年,第 229 页。
③ 《汉书》卷一《高帝纪》,第 33 页。
④ 《汉书》卷四十八《贾谊传》,第 2222 页。
⑤ 贾谊出任长沙王太傅的具体时间,史无记载。如果根据贾谊《鹏鸟赋》写于"单阏之岁"来推算,"单阏"是卯年的别称,此为丁卯年,即文帝六年。这时贾谊已为长沙王太傅三年,那么他出任此职应为文帝三年。参见王汉昌《汉文帝初政》,《河北大学学报》,1991 年第 3 期。

　　而新垣平最终被张苍告发所言皆妄,下狱治罪,夷三族。文帝重民生轻刑罚,陈平、周勃曰:"陛下幸加大惠于天下,使有罪不收,无罪不相坐,甚盛德,臣等所不及也。臣等谨奉诏,尽除收律、相坐法。""其后,新垣平谋为逆,复行三族之诛"。① 对新垣平的明正典刑之严厉已经完全超越了当时的社会风气。而与周勃同样身为丞相的张苍,是拥立文帝的功臣之一,文帝吸取前车之鉴,不敢再像对待周勃一样处置他。于是在这次中央皇权与军功群臣唇枪舌剑的斗争中,帝王退让了。文帝已经无法再强硬地驱逐军功权臣,或直率地打压诸侯王。以柔为纲,不断寻求新方式的突破,加快权力向中央集中,才是文帝的基本原则。

　　贾谊通诸子百家之说而被立为博士,其以儒家为本、不拘一格的学术思想,体现了文帝至武帝时期以儒学为基础构建皇权政治思想体系的发展方向。② 这种特点,与韩婴在《韩诗外传》中表现出的风格相吻合。徐复观认为贾谊的部分学术是由荀子而来的,这与他对韩婴的判断类似。③ 而贾谊兼容道家、阴阳之术的《新书》,虽政论性质更为典型,但也同《韩诗外传》一样,为文帝提供了柔和而丰富的施为之术。

三、《韩诗外传》所示的学术与政治耦合传统

　　韩婴、贾谊等人的理论,不仅仅含有儒家学术,还具备丰富的黄老道家、法家、阴阳家的思想内涵。文帝能够领会其多维度"柔"之精髓,并顺势而为,将之付诸政治实践,实现自身的政治目标,与自身平等、包容的学养有一定联系。朱熹评价文帝曰:"刘恒学申韩刑名,黄老清静,亦甚杂。但是天资素高,故所为多近厚。"④ 韩

---

① 《汉书》卷二十三《刑法志》,第 1105 页。
② 参见郭预衡:《中国古代文学史长编》,上海:上海古籍出版社,2007 年,第 555 页。
③ 参见徐复观:《两汉思想史》(第二卷),台北:学生书局,1977 年。
④ 朱熹著,黎靖德编,杨绳其、周娴君校点:《朱子语类》卷一百三十五,长沙:岳麓书社,1997 年。

婴等人,正是把握了文帝的性格与困境,才能针对性地提出解决方式,以疏不破注的形式,立足儒家经典,将政论策术融于儒学之中。《韩诗外传》正是韩婴此道的集中展现。

天下初定,儒学的王道尚不适应汉初所需。汉三年,项羽围刘邦于荥阳,郦生因循守旧、不识时务,向刘邦尽言分封六国诸侯以定楚,而使儒生群体遭刘邦唾弃为"竖儒,几败乃公事",并销毁其官印,从此纯儒不见用于汉廷。① 正如最善变通的叔孙通所言:"汉王方蒙矢石争天下,诸生宁能斗乎? 故先言斩将搴旗之士。"② 乱世治世各有其典,儒生如要在动荡不安、纷争迭起的年月中发挥政治作用,必须与时俱进,改进发展自身学术,使其既能切合统治者所需,又能切实地解决现实问题。

正如顾颉刚所言,儒生和方士一样,皇帝利用儒生,儒生也利用皇帝。儒生从圣经和贤传里攫取资源,供应皇帝的需求,这种方法是从方士身上借鉴的。儒生和方士的结合是造成两汉经学的主因。③ "后王以谓儒术不可废,故立博士、置子弟,而设科取士,以为诵法先王者劝焉。盖其始也,以利禄劝儒术;而其究也,以儒术徇利禄。斯固不足言也。而儒宗硕师由此辈出,则亦不可谓非朝廷风教之所植也。"④韩婴及其代表的儒生群体,正是掌握了文帝所需、所好,才能变通行事,以传统儒学为支点,吸纳汉初时兴的黄老道家、法家、阴阳学说等诸家所长,打造出与文帝朝时局相契合的柔性儒术。从而在满足帝王所需、解决实际问题的同时,将儒学儒术扎根于汉初朝堂。

韩婴从中央博士官到地方王太傅,再回到中央与董仲舒论辩。综观韩诗学派在两汉的稳定延续,从韩婴一生与韩诗学派的传承

① 《汉书》卷四十《张陈王周传》,第 2030 页。
② 《汉书》卷四十三《郦陆朱刘叔孙传》,第 2721 页。
③ 顾颉刚:《秦汉方士与儒生》序,上海:上海古籍出版社,2005 年,第 4—5 页。
④ 章学诚著,叶瑛校注:《文史通义校注》卷二《原学下》,北京:中华书局,1985 年,第 154 页。

来看,韩婴的这种努力基本获得了成功。三家诗中地位整体稍为突出的齐诗,其典型代表人物夏侯始昌是在韩婴去世之后,才获得了汉武帝的青睐。① 而他的成功,开启了今文经学在两汉年间青云直上的进阶之路。夏侯始昌明阴阳、通五行、习《尚书》并以此说《诗》,博得武帝欢心,从而推动齐诗学派发展,与韩婴及韩诗学派的主张也许有异,但这一方式却如出一辙。董仲舒的公羊春秋学容纳道法阴阳并成为政训、法理规范,更是学术与现实政治紧密结合的典型。武帝立五经博士,独尊儒学,正是看重这种结合的益处与今文经师们越发善于因势利导的远见卓识。两汉今文经学的官学地位从此得以确立。

今文经学逐渐繁盛,这种行之有效的模式随之渗入王朝政治的其他方面。文帝立专经、武帝立五经、宣元间十六家至光武帝独立十四博士,官学与博士生弟子员成为传统,师生传承逐步系统,以一经傍身的取仕之道萌芽,学成文武艺、货与帝王家的形式自此奠基。由是以来公卿大夫士吏彬彬多文学之士,文人经师们开始具有学者与政治家的双重身份。

而学术与政治的紧密结合,不再仅体现为今文经师们改造学术为政治服务,帝王将相臣吏乃至升斗布衣,也从各个角度出发,以学术之名操纵政治。汉宣帝时石渠阁论辩,即是公羊学与穀梁学之争,未尝不是宣帝借由学统之争向武帝发起的法统之争。刘向、刘歆父子以经学为王莽称制创造合法性,虽以古文经为名,行事却是今文经之态。而两汉交替时风靡一时的谶纬之术,又是以经术实现政治目的的一种极端解义。至于东汉,各种谶纬之说甚嚣尘上,注经之书汗牛充栋,汉章帝引光武诏书以五经章句繁多故,议欲省减,故兴白虎观论辩,以《白虎通义》中定三纲六纪、实现经义一统,更是由章帝亲自称制临决。帝王亲自决断经义,借学统

---

① "自董仲舒、韩婴死后,武帝得始昌,甚重之。"《汉书》卷七十五《眭两夏侯京翼李传》,第 3154 页。

定正统,是两汉时期今文经学涉足政治的巅峰。自此两汉学术亦大一统于帝王,经师们借此参与政治的势头渐弱,但这种传统远未消失,以经义讥切时政的行为贯穿历史,直至清末康有为作《新学伪经考》诋排专制、呼吁改革,依旧秉承着这种学术与政治的互动。

《韩诗外传》中所见韩婴及其学派博纳而变通、以经学渗入政治的探索与尝试,远非一书或一派的学理之辨,它反映了秦汉思想学术的生态,代表着古代儒生或士人的一种模式,是中国古代经学传统的一个缩影。

第六章 综 论

一、通经致用、以学干政的今文经代表——《韩诗外传》

汉承秦制,立博士学官,先秦儒家的子学,在西汉时期,开始向经学发展。韩婴作为最早的专经博士之一,与其所代表的韩诗学派,与同时活跃的另两家今文诗学派,立意与表达方式颇为不同。《韩诗外传》作为韩婴与韩诗学派目前唯一保存完整的代表性著作,集中展现了韩诗学派的学术观点与治学风格。

而儒学的发展历程、学术脉络与思想特征,是两汉学术思想史最根本的问题之一。放眼两汉,在儒学取代黄老之术,成为官方正统学术之后,今文经学占据了绝对的主流地位。《韩诗外传》作为流传至今内容最为完整的一本今文经代表作品,应当成为探究早期今文经学术内容与特征的重要切入口。

为了在汉初风行一时的黄老道家思想中争取儒学的一席之地,韩婴审时度势,积极与中央皇权结合,吸纳道、法、阴阳诸说,精心设计了自己的学术,为解决西汉初年地方诸侯王势凌中央、外朝军功集团把持权柄的现实问题,尽可能地提出了一套行之有效的现实方案,提出了一套以柔性见长的、实用性强的儒家之术。

首先,韩婴以黄老道术与阴阳家学说装饰其儒学,由"阴阳"入手,将君臣伦理比拟为自然秩序,主张尊卑有别、高下分明的君臣关系。韩婴明确地指出"夫万物之有灾,人妖最可畏也",而人妖为何,"臣下杀上,父子相疑,是谓人妖,是生于乱"也。韩婴借此明确了名以副实的君臣秩序,认为维持稳定、和谐的社会格局,必须君臣同心协力、相互信任、彼此倚仗。韩婴为此构建了一套逻辑自洽的政治图景,天地之道有时,君臣之道有矩。他甚至列出了诸如天现灾异、民不聊生或政治混乱时,应当由三公中哪个人负责的例子。这与黄老道家阴阳刑德、四时节令的观念如出一辙。在文帝根基未稳,诸侯列强环伺于外,军功权臣眈眈于内,主弱从强的政治局面下,秩序必然是第一位的。贸然提出儒家传统中的政治秩序,自然容易招致奉行黄老道术的皇室与核心重臣的阻碍,如果用黄老道家认可的形式包装儒家思想,则从源头上规避了被反对者直接扼杀的风险。

其次,韩婴的思想,本质上仍然是自春秋战国以来一脉相承的儒家学说。韩婴坚持儒家的等级秩序,认可春秋大义,信奉实在的礼义形式仍然是区分等级尊卑的标准之一。《韩诗外传》中存在着大量春秋故事,通过这些旧例,韩婴自幽微处阐发其义,宣扬儒家最为重视的君臣之分与大一统的政治理念。无论是韩婴重申春秋的微言大义,还是推崇恪守礼制的贤王能臣,或是强调周公形象的重要寓意,都是为了突出君主崇高地位不可挑战的重要性,构建一套符合传统儒家理想的政治体系。而建立这种体系,又是汉初式微的中央皇权的当务之急,妥善利用韩婴的学术,中央皇权便可以拥有处理诸侯王与军功集团问题的理论工具与道德制高点。

再次,韩婴的政治理念核心是传统而强力的,但他的政治风格则是温和而柔性的。韩婴在文中不断提出各种宽容的政治举措,他主张小惩大诫、宽恕汉初诸侯王或权臣的无礼冒犯以换取臣下的忠诚;希望皇帝能以春秋传统“兴灭国,继绝世”为法,从容处置中央皇权与诸侯王国之间的关系,避免大刀阔斧的举措激化二者之间的矛盾,引发不可估量的后果。这一观点与贾谊“众建诸侯以少其力”的观点是不谋而合的,武帝的推恩令于此也有着如出一辙的核心内容。这一预见的明智,可以从晁错激进削藩政策引发的

　　而为了增强其观点的可接受度，避免无谓的学理冲突，韩婴吸收了一定的黄老道家、名法家、阴阳家等汉初时兴的各派理念，或以各派都能够接受的公共范例为证，进而丰富了韩诗学说的深度与广度。

　　韩婴此举，承袭了秦统一后，子学与经学合流的传统，杂取儒家各派精粹，更精心兼容了汉初时兴的黄老道家、阴阳、名法等学术思想，从阴阳关系导入君臣伦理，用重新诠释的"孝"和"礼"统摄其政治论调与策术，以"情"入"礼"，由"礼"及政。在强调明确君臣等级之分的前提下，韩婴建议君主应当视现实情况作出有条件的退让以缓和种种矛盾，统一权力并不应急于一时。这种从儒学角度出发，而结论实际上又并不与黄老道家学说产生明显矛盾的理论，既降低了推广成本，又提高了推行成效，将今文经学通经致用的优势体现得淋漓尽致。

　　在韩婴的努力经营下，韩诗学派逐渐在汉代立足，为日后儒学的复兴奠定了基础。

　　综观《韩诗外传》的论述形式与理论构建，无一不是针砭时弊，为中央皇权服务，并由维护皇帝的个人权威而发。韩婴由经学博士出任常山王太傅，晚年再次回归中央辩论经术，可见其政治生涯并非默默无闻。因而这种以学术为政治服务的立场与努力，主观上为汉初加强中央集权提供了一定的策略与理论支持之余，客观上也由于迎合了君主的需求而变相提升了儒学、儒生的政治地位。今文经学的势力能够在汉初不断扩张，成为挑战黄老道术的工具，乃至取代其称为汉代的官方学术，与今文经师们这种量体裁衣、以学干政的努力是密切相关的。其后董仲舒引阴阳家之术入儒学而作《春秋繁露》，汉章帝、班固融阴阳道术作《白虎通义》恢复儒学义理，都是这种以他人衣冠为己身作嫁理念下的政治实践。《韩诗外传》中反映的学理与政论方法，无疑是两汉今文经师们赖以安身立命的一技之长的缩影。

因此,《韩诗外传》体现了西汉今文经学与现实政治结合密切的特点,对学术史与政治史都具有深远的影响。其中的思想内涵,总体可以从两个方面予以辨析。首先,从历史的视角看待,韩婴针对汉初政治困局,向皇帝提出了直截了当的、行之有效的、操作性强的政治主张;这些主张皆充分考虑了汉初政治环境的特殊性,一概能够柔和地、循序渐进地解决问题;并且,这些主张不仅因势利导,随机权变,兼容儒家各派,更巧妙地大量引入黄老道家、阴阳家等汉初流行的思想、故事等,以提高共识、缓解矛盾、消除传播障碍、提高实践效率。其次,从思想史的角度分析,《韩诗外传》同时具备博纳而变通的思想内容与同中央政权紧密结合的立场,这是通经致用、以学干政的两汉今文经学的典型特征。综上所述,《韩诗外传》不失为一个反映两汉历史环境与学术生态的典型标本,将文本置诸其产生的原始环境中全面而真实地研究《韩诗外传》有助于回归今文经学的本原,重新看待学术与历史的互动关系。

二、研究局限

本书建立在文本分析与历史分析的基础上,力争全面地看待《韩诗外传》,但同时仍旧存在诸多不足。

其一,本书对出土文献与传世文献的利用,主要停留在文本互证的基础上,对于春秋时期史学文献的应用多,而于《诗经》类出土文献的历史背景分析不足。汉初是一个特殊的历史时期,纵然秦始皇统一六国,结束了绵延千年的贵族政治,然而汉初从刘邦的功臣异姓王、白马之盟的同姓王、诸吕违制称王到文景时期制度化的诸侯体系,仍然是一次贵族政治的逆潮复苏,与春秋时期的历史进行对比尽管非常必要,但同时必须考虑到两个时段学术环境的差异。诗学与经学都发生了较为明显的变化,断章取义的典型手法也产生了些许差异。因此,分析韩婴以《诗经》为其学术张本的经世致用行为时,当更全面地以类似视角观察其他的用诗文献,特别是面对新出土的诗学文献时,应当深挖其产生背景与历史环境。

其二,本书的研究主要局限于汉初,或是刘邦至文帝朝。韩诗学派作为三家今文经诗学之一,传承较为完整,在两汉都具有深远的影响。尽管诸侯分裂的局面在武帝后已被彻底改善,政治格局的核心问题也从中央与地方的矛盾演变成了君权与相权的矛盾,但是韩诗学派因势利导、适时而变的学术风格,决定了韩婴后学定然在愈发激烈的诸家今文经学派的竞争中,会不断完善其学术,从而适应统治者的需求,以获取更优势的地位。故对于《韩诗外传》及韩诗学派的研究,应该进一步着眼于两汉通代。尽管韩诗学派的文献业已散佚,但详细考察传习韩诗的经师儒生,当能更全面更客观地分析韩诗在两汉的地位。

三、研究前景

《韩诗外传》的双重意义决定了可以从多种途径深化研究。目前学术界主要集中关注韩诗的文本考证与训诂,未来当从两汉学术史、儒学发展史以及学术与政治的互动关系上,对其进行深入分析。

第一,从学术与政治关系的互动关系看,两汉经历了由子入经的演变,虽身处大一统王朝,但仍旧处于学术的动荡时期。两汉的学术内涵与形式是丰富多彩的。今文经师们为立学官,掌握政治主动权,爆发了多次争执,这一过程要求经师们不断丰富和完善各自的学术,于是黄老道家、阴阳家、名法家、道教、民间信仰等各种思想纷纷被经师们改造并融入儒家学术。韩婴和《韩诗外传》无疑是其中的先驱者。因此,有必要将视角扩展到《韩诗外传》所代表的儒学是如何丰富壮大直至定型,进而构建出两汉学术发展历程这一过程,动态地把握韩诗学派与经学在两汉的生命轨迹。

第二,从儒家思想发展史的角度看,《韩诗外传》虽然行于汉初,但其中的大部分观点直接来源于战国儒家,相较于孟荀均有所不同。未来可通过更广泛的文献比对,进一步明晰韩婴的学术脉络,明确韩婴及其学派思想在整个儒学发展史中的阶段,以便更紧密地串联起儒学思想发展的各个环节,还原儒家学术逐步发生、发展、扩张而生生不息的过程。

第三,从学术与政治的互动关系看,自叔孙通定礼仪到《白虎通义》、熹平石经的形成,两汉的学术终于从众说纷纭走向了一统。儒家学者们在此期间,保持着积极的以学术结合皇权政治的传统追求,两汉之交的谶纬之术,无非是学者经师将经学与政治的结合引领向另一个极端的变态结果。韩婴与《韩诗外传》也是其中的一个侧面,是反映儒家以学术为皇权服务最终为政治权力褫夺学术权力过程的一个窗口。最终儒学官方化、固定化,自东汉之后,儒生再也未能获得如此宽广的政治舞台,学术也不再能直接干涉朝堂。魏晋乱世,儒家学子们不得不避世求存,以学术干预政治的取向逐渐转变为以学术规避政治的自保行为。至唐朝再定儒学正义,儒生们可以利用学术的余地更为狭窄,经学从经世致用的汉学逐步走向寻章摘句、格致心性的宋学。因此,继续放眼长时段,将《韩诗外传》置于更广阔的历史空间,宏观地梳理《韩诗外传》所代表的学术传统,同时也能更客观地审视学术与政治互动的传统。

审视中国古代,学术与政治一直是一衣带水的两个范畴,把文学、经学与思想史、政治史、社会史结合起来,才能构建出更完整、更真实、更生动的传统经学蓝图。研究韩婴与《韩诗外传》,应当具备更全面的视角与方法,才能还原韩婴与韩诗学派的本来面目,理解中国古代的学术传统。

参 考 文 献

一、《韩诗外传》

[清] 汪之昌:《吴刻〈韩诗外传〉跋》,《青学斋集》,新阳汪氏青学斋刊本,1931 年。

[明] 王世贞:《弇州山人四部稿》卷二〇〇《读韩诗外傅》,影印文渊阁《四库全书》本,第 1280 册,上海:上海古籍出版社,1989 年。

[清] 陈乔枞:《韩诗遗说考》,续修四库全书编委会编:《续修四库全书·经部·诗类》第七十六册,上海:上海古籍出版社,2002 年。

赵善诒:《韩诗外传补正》,北京:商务印书馆,1939 年。

赖炎元:《韩诗外传考征》,台北:台湾省立师范大学,1963 年。

[汉] 韩婴撰,许维遹校释:《韩诗外传集释》,北京:中华书局,1980 年。

赖炎元注释:《韩诗外传今注今译》,台北:台湾商务印书馆,1981 年。

晨风、刘永平:《韩诗外传选译》,北京:书目文献出版社,1986 年。

魏达纯:《韩诗外传译注》,长春:东北师范大学出版社,1993 年。

曹大中：《白话韩诗外传》，长沙：岳麓书社，1994 年。

屈守元：《韩诗外传笺疏》，成都：巴蜀书社，1996 年。

何志华、朱国藩：《唐宋类书征引〈韩诗外传〉资料汇编》，香港：香港中文大学出版社，2009 年。

二、基本古籍

[唐] 孔颖达：《毛诗正义》，北京：北京大学出版社，2000 年。

杨伯峻：《春秋左传注》，北京：中华书局，1990 年。

[唐] 孔颖达：《春秋左传正义》，北京：北京大学出版社，2000 年。

徐元诰：《国语集解》，北京：中华书局，2002 年。

[清] 陈士珂辑：《孔子家语疏证》，《丛书集成初编》，北京：商务印书馆，1991 年。

[宋] 邢昺：《论语注疏》，北京：北京大学出版社，2000 年。

程树德：《论语集释》，北京：中华书局，1990 年。

[三国·魏] 王弼注，楼宇烈校释：《道德经注校释》，北京：中华书局，2008 年。

高明：《帛书老子校注》，北京：中华书局，1996 年。

吴则虞：《晏子春秋集释》，北京：中华书局，1962 年。

[清] 焦循撰，沈文倬点校：《孟子正义》，北京：中华书局，1987 年。

[清] 王先谦撰，沈啸寰、王星贤点校：《荀子集解》，北京：中华书局，1988 年。

[清] 王先谦、刘武撰，沈啸寰点校：《庄子集解·庄子集解内篇补正》，北京：中华书局，1987 年。

[清] 郭庆藩撰，王孝鱼点校：《庄子集释》，北京：中华书局，2006 年。

王先慎撰，钟哲点校：《韩非子集解》，北京：中华书局，

1998 年。

王利器：《文子疏义》，北京：中华书局，2000 年。

刘文典：《淮南鸿烈集解》，北京：中华书局，1989 年。

［汉］刘向撰，向宗鲁校证：《说苑校证》，北京：中华书局，
1987 年。

［汉］刘向编著，石光瑛校释，陈新整理：《新序校释》，北京：
中华书局，2001 年。

［汉］司马迁：《史记》，北京：中华书局，1959 年。

［汉］班固：《汉书》，北京：中华书局，1962 年。

王先谦著，上海师范大学古籍整理研究所整理：《汉书补注》，
上海：上海古籍出版社，2008 年。

［东汉］荀悦、［东晋］袁宏撰，张烈点校：《两汉纪》，北京：中
华书局，2017 年。

［清］王聘珍撰，王文锦点校：《大戴礼记解诂》，北京：中华书
局，1983 年。

［唐］孔颖达：《礼记正义》，北京：北京大学出版社，2000 年。

［汉］王充著，黄晖辑：《论衡校释（附刘盼遂集解）》，北京：中
华书局，1990 年。

［梁］萧统编，［唐］李善注：《文选》，北京：中华书局，
1977 年。

［唐］欧阳询撰，汪绍楹校：《艺文类聚》，上海：上海古籍出版
社，1982 年。

［唐］虞世南：《北堂书钞》，北京：学苑出版社，1988 年。

［唐］房玄龄等：《晋书》，北京：中华书局，1974 年。

［唐］魏徵：《群书治要》，上海：商务印书馆，1937 年。

［唐］徐坚：《初学记》，北京：中华书局，1962 年。

［宋］欧阳修：《欧阳修全集》，北京：中国书店，1986 年。

［宋］王钦若：《册府元龟》，北京：中华书局，1960 年。

七王之乱中窥得一二。但与此同时,韩婴坚决维护中央皇权的法统、政统、治权的唯一性与崇高性,劝诫君主清醒果断地杜绝一切名目导致的权力旁落。这种外刚内柔的政治权术,是韩婴治学理政的最大特征。

最后,也是韩婴思想中最巧妙的一点是,韩婴主张以孝为本、孝先于忠,重视"礼"在其中的调节作用,为他这一审时度势、趋利避害、刚柔相济的政治策术,构建了坚实的理论基础。忠孝关系是儒家传统的议题,"礼"更是儒家万变不离其宗的理念。韩婴从《礼记》中攫取思想能源,将"礼"定义为人情的综合反馈,同时将人情解释为情感和欲望,充分丰富了礼的内涵。"礼"为人情,"孝"所统帅的孝悌忠信礼义廉耻等仁义道德,则是情感血缘伦理的集中体现。韩婴重视"礼"与"孝",以先天血缘伦理引领后天政治伦理,以春秋大义修正失衡的君臣关系,希望能够威慑不断对最高权位跃跃欲试的侯王与权臣。当物质条件不足以解决中央王朝的困境时,精神层面的渗透能够提供适当的辅助。在"情"的统筹下,二者明分暗合,韩婴意在以此二种概念,弥合失衡的权力分配带来的裂痕。

韩婴及其学派从春秋礼乐文明中攫取灵感,针对汉初地方诸侯王与军功权臣强势的社会问题,在《韩诗外传》中对为臣之道委婉地提出了要求。韩婴指出:天下之定,名分为本,臣子应当恪守其分,尊君主遵臣道;并为王侯与群臣们树立周公等春秋贤臣形象以垂范世人。同时,韩婴以春秋时期贤王明君为例,劝谏汉皇温和地对待诸侯王与臣子,轻刑罚慎;更重要的是宽严相济、松紧有度,谨守向臣子退让的底线,紧握权力核心,保证政权的完整与集中。在精神层面上,韩婴又修订丰富了春秋时期"礼"与"孝"的内涵,着重突出其中的情感因素,强调其中先天的人伦纲常意义,再进一步引申至后天的社会政治伦常,为力量薄弱的中央皇权提出了一种以情感人、以柔克刚的化解矛盾之法,巩固大一统的中央集权。

［宋］李昉：《太平御览》，北京：中华书局，1985 年。

［宋］陈振孙：《直斋书录解题》，上海：上海古籍出版社，1987 年。

［宋］晁公武著，孙猛校：《郡斋读书志校证》，上海：上海古籍出版社，1990 年。

［宋］洪迈：《容斋续笔》，上海：上海古籍出版社，1978 年。

［明］陈禹谟补注：《北堂书钞》，［清］永瑢：《文渊阁四库全书》（影印本）第八百八十九册，上海：上海古籍出版社，2003 年。

［明］顾炎武著，陈垣校注：《日知录校注》，合肥：安徽大学出版社，2007 年。

［清］永瑢：《钦定四库全书总目》，北京：中华书局，1965 年。

［清］陈澧：《东塾读书记》，上海：中西书局，2012 年。

［清］王引之：《经义述闻》，南京：凤凰出版社，2000 年。

［清］章学诚著，叶瑛校注：《文史通义校注》，北京：中华书局，1985 年。

［清］唐晏：《两汉三国学案》，北京：中华书局，1986 年。

三、论著类

金德建：《司马迁所见书考》，上海：上海人民出版社，1963 年。

国家文物局古文献研究室编：《马王堆汉墓帛书》（一），北京：文物出版社，1980 年。

王国维：《汉魏博士题名考》，台北：台湾商务印书馆，1976 年。

余嘉锡：《四库提要辨证》，北京：中华书局，1980 年。

萨孟武：《儒家政论衍义》，台北：东大图书公司，1982 年。

夏传才：《诗经研究史概要》，郑州：中州书画社，1982 年。

陈国庆：《汉书艺文志注释汇编》，北京：中华书局，1983 年。

杨树达：《汉书窥管》，上海：上海古籍出版社，1984 年。

余嘉锡：《古书通例》，上海：上海古籍出版社，1985年。

金春峰：《汉代思想史》，北京：中国社会科学出版社，1987年。

胡平生、韩自强：《阜阳汉简〈诗经〉研究》，上海：上海古籍出版社，1988年。

韩明安：《诗经研究概观》，哈尔滨：黑龙江教育出版社，1988年。

范文澜：《群经概论》，上海：上海书店，1991年。

王治心：《中国学术体系》，上海：上海书店，1991年。

董治安：《先秦文献与先秦文学》，济南：齐鲁书社，1994年。

李家树：《传统以外的诗经学》，香港：香港大学出版社，1994年。

荆门市博物馆：《郭店楚墓竹简》，北京：文物出版社，1998年。

李零：《李零自选集》，桂林：广西师范大学出版社，1998年。

李申：《中国儒教史》上卷，上海：上海人民出版社，1999年。

袁长江：《先秦两汉诗经研究论稿》，北京：学苑出版社，1999年。

张荣明：《权力的谎言——中国传统的政治宗教》，杭州：浙江人民出版社，2000年。

戴维：《诗经研究史》，长沙：湖南教育出版社，2001年。

李学勤：《简帛佚籍与学术史》，南昌：江西教育出版社，2001年。

廖名春：《新出楚简试论》，台北：台湾古籍出版有限公司，2001年。

徐复观：《两汉思想史》，上海：华东师范大学出版社，2001年。

罗根泽：《罗根泽说诸子》，上海：上海古籍出版社，2001年。

马承源主编：《上海博物馆藏战国楚竹书》(一)，上海：上海古籍出版社，2001 年。

郭沂：《郭店竹简与先秦学术思想》，上海：上海教育出版社，2001 年。

李零：《郭店楚简校读记(增订本)》，北京：北京大学出版社，2002 年。

洪湛侯：《诗经学史》，北京：中华书局，2002 年。

马承源主编：《上海博物馆藏战国楚竹书》(二)，上海：上海古籍出版社，2002 年。

杨守敬：《日本访书志》，国家图书馆编：《国家图书馆藏古籍题跋丛刊》第 22 册，北京：北京图书馆出版社，2002 年。

杨义：《重绘中国文学地图》，北京：中国社会科学出版社，2003 年。

刘泽华、张荣明等：《公私观念与中国社会》，北京：中国人民大学出版社，2003 年。

杨义：《中国古典小说史论》，北京：中国社会科学出版社，2004 年。

赵伯雄：《春秋学史》，济南：山东教育出版社，2004 年。

张舜徽：《张舜徽集·汉书艺文志通释》，武汉：华中师范大学出版社，2004 年。

龚鹏程：《汉代思潮》，北京：商务印书馆，2005 年。

顾颉刚：《秦代方士与儒生》，上海：上海古籍出版社，2005 年。

赵敏俐主编：《中国中古文学研究——中国中古文学国际学术研讨会论文集》，北京：学苑出版社，2005 年。

郑杰文：《中国学术思想编年》，西安：陕西师范大学出版社，2005 年。

刘立志：《汉代〈诗经〉学史论》，北京：中华书局，2007 年。

夏传才:《诗经研究史概要》,北京:清华大学出版社,2007年。

梁涛:《〈缁衣〉〈表记〉〈坊记〉思想试探——兼论'子曰'与儒学的内在诠释问题》,杜维明主编:《思孟学派新探》,北京:北京大学出版社,2008年。

李零:《简帛古书与学术源流(修订本)》,上海:三联书店,2008年。

刘毓庆、郭万金:《从文学到经学:先秦两汉诗经学史论》,上海:华东师范大学出版社,2009年。

张丰干:《〈诗经〉与先秦哲学》,北京:北京大学出版社,2009年。

曹建国:《楚简与先秦〈诗〉学研究》,武汉:武汉大学出版社,2010年。

蒋伯潜:《诸子通考》,长沙:岳麓书社,2010年。

刘冬颖:《出土文献与先秦儒家〈诗〉学研究》,北京:知识产权出版社,2010年。

刘汝霖:《汉晋学术编年》,上海:华东师范大学出版社,2010年。

李锐:《新出简帛的学术探索》,北京:北京师范大学,2010年。

〔日〕尾形勇著,张鹤泉译:《中国古代的"家"与国家》,北京:中华书局,2010年。

杨向奎:《大一统与儒家思想》,北京:北京出版社,2011年。

杨义:《老子还原》,北京:中华书局,2011年。

杨义:《庄子还原》,北京:中华书局,2011年。

杨义:《墨子还原》,北京:中华书局,2011年。

杨义:《韩非子还原》,北京:中华书局,2011年。

马银琴:《周秦时代〈诗〉的传播史》,北京:社会科学文献出版社,2011年。

王博:《〈五行〉与〈诗〉学》,氏著《中国儒学史·先秦卷》,北京:

北京大学出版社,2011 年。

徐建委:《〈说苑〉研究——以战国秦汉之间的文献积累与学术史为中心》,北京:北京大学出版社,2011 年。

于淑娟:《〈韩诗外传〉研究——汉代经学与文学关系透视》,上海:上海古籍出版社,2011 年。

黄震云:《先秦诗经学史》,北京:北京燕山出版社,2012 年。

[日]家井真著,陆越译:《〈诗经〉原意研究》,南京:江苏人民出版社,2012 年。

梁启超:《梁启超论先秦政治思想史》,北京:商务印书馆,2012 年。

刘娇:《言公与剿说——以出土简帛比对古籍相似内容现象研究》,北京:线装书局,2012 年。

马辉洪、寇淑慧编著:《中国香港、台湾地区诗经研究文献目录1950—2010》,北京:学苑出版社,2012 年。

廖小东:《政治仪式与权力秩序——古代中国“国家祭祀”的政治分析》,北京:中国社会科学出版社,2014 年。

杨义:《论语还原》,北京:中华书局,2015 年。

林聪舜:《儒学与汉帝国意识形态》,上海:上海人民出版社,2017 年。

四、非学位论文类

[清]魏源:《韩诗传授考》,《魏源全集》第一卷,长沙:岳麓书社,2011 年。

杨树达:《〈韩诗内传〉未亡说》,《学艺》,1921 年卷 2 第 10 期。

姚璋:《韩婴的哲学》,《光华半月刊》,1932 年第 2 卷第 1 期。

赵善诒:《韩诗外传佚文考》,《制言》,1936 年第 24 期。

赵幼文:《韩诗外传识小》,《金陵学报》第 8 卷,1938 年第 1、2 期。

西村富美子:《〈韩诗外传〉的一个考察——以说话为主体的诗传具有的意义》,《中国文学报》,第 19 册,1963 年。

何直刚:《〈儒家者言〉略说》,《文物》,1981 年第 8 期。

定县汉墓竹简整理组:《儒家者言释文》,《文物》,1981 年第 8 期。

王迈:《许著〈韩诗外传集释〉补证举例》,《苏州大学学报》(哲学社会科学版),1983 年第 2 期。

黄震云:《〈韩诗外传〉和汉代文化》,《徐州师范大学学报》(哲学社会科学版)1986 年第 2 期。

王占山:《从〈韩诗外传〉看西汉前期儒家思想的变化》,《齐鲁学刊》,1990 年第 6 期。

王汉昌:《汉文帝初政》,《河北大学学报》,1991 年第 3 期。

王汉昌:《汉文帝登基》,《河北大学学报》,1992 年第 4 期。

徐超:《〈韩诗外传今译〉正误》,《山东大学学报》(社会科学版)1994 年第 3 期。

丁原明:《汉初儒家对原始儒学的综合与拓展》,《孔子研究》,1999 年第 2 期。

夏传才:《关于荀子传〈诗〉与阜阳汉简〈诗经〉问题》,《思无邪斋诗经论稿》,北京:学苑出版社,2000 年。

赵伯雄:《〈荀子〉引〈诗〉考论》,《南开学报》,2000 年第 2 期。

廖名春:《郭店楚简〈缁衣〉篇引〈诗〉考》,《华学》第四辑,北京:紫禁城出版社,2000 年。

廖名春:《郭店楚简引〈诗〉论〈诗〉考》,姜广辉主编:《中国哲学》第 22 辑,沈阳:辽宁教育出版社,2000 年。

唐长孺:《魏晋南朝的君父先后论》,《唐长孺社会文化史论丛》,武汉:武汉大学出版社,2001 年。

王博:《郭店竹简〈缁衣〉研究》,《简帛思想文献论集》,台北:台湾古籍出版有限公司,2001 年。

朱渊清：《从孔子论〈甘棠〉看孔门〈诗〉传》，朱渊清、廖名春主编：《上博馆藏战国楚竹书研究》，上海：上海书店出版社，2002 年。

李知恕：《论〈韩诗外传〉的黄老思想》，《社会科学研究》，2002年第 2 期。

彭林：《"诗序""诗论"辨》，朱渊清、廖名春主编：《上博馆藏战国楚竹书研究》，上海：上海书店出版社，2002 年。

王硕民：《韩诗外传新论》，《安徽大学学报》，2003 年第 2 期。

汪祚民：《〈韩诗外传〉编排体例考》，《陕西师范大学学报》（哲学社会科学版），2003 年第 3 期。

王博：《〈民之父母〉与〈诗〉学》，《哲学门》，2003 年第 4 卷。

肖仕平：《折中孟荀——韩婴修身思想论要》，《河北大学学报》（哲学社会科学版），2004 年第 1 期。

杨柳：《〈韩诗外传〉哲学思想刍议》，《贵州大学学报》（社会科学版），2004 年第 5 期。

宁镇疆：《八角廊汉简〈儒家者言〉与〈孔子家语〉相关章次疏证》，《古籍整理研究学刊》，2004 年第 4 期。

罗立军：《〈韩诗外传〉无关诗义辨正》，《华南师范大学学报》（社会科学版），2005 年第 3 期。

陈苏镇：《汉文帝易侯邑及令列侯之国考辨》，《历史研究》，2005 年第 5 期。

伏开光：《韩诗外传的政治伦理观》，《太原城市职业技术学院学报》，2005 年第 6 期。

虞万里：《从〈诗经〉授、受、运用历史看〈缁衣〉引〈诗〉》，上海社会科学院编：《传统中国研究集刊》第二辑，上海：上海人民出版社，2006 年。

黄震云：《韩诗外传的神话与儒家礼乐思想》，《宝鸡文理学院学报》，2006 年第 2 期。

张红珍：《韩婴对先秦儒家礼治学说的继承和发展》，《理论学刊》，2006 年第 8 期。

刘强：《韩诗外传在汉代思想史上的地位》，《沧桑》，2007 第 3 期。

林岗：《论引诗》，《文艺理论研究》，2007 年第 4 期。

罗立军：《韩诗外传的政治想象及其出路》，《理论探索》，2007 第 3 期。

罗立军：《〈韩诗外传〉的礼制思想》，《理论月刊》，2007 年第 5 期。

姚振宗辑录，邓骏捷校补：《七略别录佚文·七略佚文》，澳门：澳门大学出版中心，2007 年。

李锐：《"重文"分析法评析》，《清华大学学报》（哲学社会科学版），2008 年第 1 期。

房瑞丽：《〈韩诗外传〉传〈诗〉论》，《文学遗产》，2008 年第 3 期。

王启敏：《论〈新序〉、〈说苑〉材料加工的特点——以引〈诗〉为例》，《安徽农业大学学报》（社会科学版），2008 年第 3 期。

刘晖、曾志东：《从〈左传〉用〈诗〉看〈诗经〉的〈雅〉》，中国诗经学会河北师范大学编，《诗经研究丛刊》第十五辑，北京：学苑出版社，2008 年。

王培友：《〈韩诗外传〉的文本特征及其认识价值》，《孔子研究》，2008 年第 4 期。

张丰干：《论子思学派之〈诗〉学》，杜维明主编：《思孟学派新探》，北京：北京大学出版社，2008 年。

刘毓庆、郭万金：《汉初〈诗经〉传播与四家诗的形成》，《南京师范大学文学院学报》，2009 年第 1 期。

常森：《论简帛〈五行〉与〈诗经〉学之关系》，《文学遗产》，2009 年第 6 期。

艾春明：《〈韩诗外传〉对礼与法的统一》，《辽东学院学报》（社会科学版），2010 年第 2 期。

左洪涛：《〈韩诗〉传授人及学者考》，《文献》，2010 年第 2 期。

李华：《韩婴诗学的宗孟倾向——论〈韩诗外传〉对孟子诗学的接受》，《东岳论丛》，2010 年第 9 期。

李峻岫：《韩婴孟学思想探析——再论〈韩诗外传〉与孟荀的关系问题》，《云梦学刊》，2010 年第 1 期。

李华：《孟子诗学观在汉代的影响——以〈韩诗外传〉对孟子"迹熄〈诗〉亡"观的继承为例》，《江西科技师范学院学报》，2010 年第 6 期。

赵茂林：《汉代四家〈诗〉命名考辨》，《学术论坛》，2010 年第 9 期。

边家珍：《从经学史视角看〈韩诗外传〉说〈诗〉的性质与特点》，《诗经研究丛刊》，2011 年第 1 期。

李华：《论〈韩诗外传〉对孟子的推崇》，《巢湖学院学报》，2011 年第 1 期。

李华：《论孟子士人精神在汉代的影响——以〈韩诗外传〉对孟子士人精神的继承为例》，《沈阳大学学报》，2011 年第 1 期。

张小苹：《〈荀子〉传〈韩诗〉考辨》，《管子学刊》，2011 年第 1 期。

李华：《论〈韩诗外传〉对孟子圣人观的承袭——〈韩诗外传〉渊源新探》，《重庆工商大学学报》（社会科学版），2011 年第 2 期。

廖群：《楚简〈缁衣〉、子思子与引〈诗〉证说》，《中国文化研究》，2012 年。

房瑞丽：《〈韩诗外传〉与先秦〈诗〉学渊源关系探略》，《北方论丛》，2012 年第 1 期。

边家珍：《论〈韩诗外传〉的〈诗〉学性质及特点》，《河南大学学报》（社会科学版），2012 年第 4 期。

陈锦春：《〈韩诗外传集释〉整理失误辨析》，《诗经研究丛刊》，2012 年第 1 期。

常森：《论汉代〈诗经〉著述之内外传体》，袁行霈主编：《国学研究》第 30 卷，北京：北京大学出版社，2012 年。

孟庆楠：《〈韩诗外传〉对旧说的征引与整合》，《中国典籍与文化》，2013 年第 2 期。

左洪涛：《〈诗经〉之〈韩诗〉传授人新考》，《中南民族大学学报》（人文社会科学版），2013 年第 5 期。

虞万里：《从熹平残石和竹简〈缁衣〉看清人四家诗研究》，陈致主编：《跨学科视野下的诗经学研究》，上海：上海古籍出版社，2013 年。

虞万里：《〈诗经〉异文与经师训诂文本探赜》，《文史》，北京：中华书局，2014 年第 1 辑。

张仁玺：《〈韩诗外传〉中的孝道观述论》，《广西社会科学》，2014 年第 2 期。

薛小林：《汉文帝时期的权力结构与政治斗争——以臣立君为中心的考察》，《南都学坛》（社会科学学报），2014 年第 3 期。

宁镇疆：《从古书形成过程看诸书"互见"的类型学问题——以〈礼记·丧服四制〉篇形成为例》，《学术月刊》，2015 年第 1 期。

樊东：《清代以来利用"互见"及类书等材料校勘〈韩诗外传〉的方法与限度问题研究》，《古籍整理学刊》，2016 年第 1 期。

吕冠南：《〈韩诗〉佚著的训诂与阐释特点》，《河北师范大学学报》（哲学社会科学版），2016 年第 2 期。

吕冠南：《〈韩诗内传〉旧辑考辨与新辑》，《河北师范大学学报》（哲学社会科学版），2017 年第 1 期。

吕冠南：《〈韩诗外传〉研究文献综述》，《西华师范大学学报》（哲学社会科学版），2018 年第 5 期。

吕冠南：《宋代以降的〈韩诗〉研究》，《江南大学学报》（人文社会科学版），2018 年第 5 期。

吕冠南：《〈韩诗〉研究评述：以佚著、学者、阐解为中心》，《河北经贸大学学报》（综合版），2018 年第 4 期。

李申曦：《〈韩诗外传〉对释〈诗〉文本的整理》，《古籍整理学刊》，2019 年第 1 期。

吕冠南：《〈韩诗〉遗说在日本的保存与传播》，《北京社会科学》，2019 年第 6 期。

吕冠南：《〈韩诗内传〉性质问题新论——兼谈先唐古籍划分内、外之通例》，《北京社会科学》，2020 年 4 期。

五、学位论文类

余全介：《秦汉政治与儒生——两百年政治风云与儒学独尊》，浙江大学博士学位论文，2005 年。

艾春明：《〈韩诗外传〉研究》，东北师范大学博士学位论文，2008 年。

曾小梦：《先秦典籍引〈诗〉考论》，陕西师范大学博士学位论文，2008 年。

刘娇：《西汉以前古籍中相同或类似内容重复出现现象的研究》，复旦大学博士学位论文，2009 年。

姚娟：《〈新序〉〈说苑〉文献研究》，华中师范大学博士学位论文，2009 年。

周晓露：《西汉思想与政治》，岳麓书院博士学位论文，2010 年。

冯一鸣：《西汉用〈诗〉研究》，北京大学博士学位论文，2011 年。

邬可晶：《〈孔子家语〉成书时代和性质问题的再研究》，复旦大学博士学位论文，2011 年。

樊东：《〈韩诗外传〉著述体例及相关问题研究》，上海大学博士学位论文，2016 年。

宋清员：《在政治调节中强化王权：〈韩诗外传〉政治思想研究》，山东大学博士学位论文，2019 年。